KB200248

공연예술신서 · 54

TURANDOT
투란도트

이태리 살레르노 대학극단 〈투란도트〉
(브레히트 作) 공연 포스터 (공연 2009. 5. 5)

TURANDOT
투란도트

베르톨트 브레히트 작
이상면 역

평민사

목   차

투란도트 이야기와 창작

1. 투란도트 소재의 전승

투란도트(Turandot) 이야기는 아주 오래 전부터 동화로 알려진 소재로서 근대 이후 현대에 이르기까지 유럽의 여러 극작가들에 의해 희곡으로 창작·개작되었다. 처음 투란도트 이야기가 창작된 것은 이태리의 극작가 고찌의 〈투란도트〉(1762)이며, 이것은 독일에서 19세기 초반 쉴러에 의해, 20세기 초반에는 폴묄러에 의해 번역·개작되었고, 1920년대에는 이태리에서 푸치니가 오페라 작곡을 했고, 모스크바에서는 연극공연이 대성공을 거두기도 했다. 이에 영향을 받은 독일의 극작가 브레히트는 1950년대에 투란도트 희곡을 썼으며, 그 후 1960년대에 독일 극작가 볼프강 힐데스하이머도 투란도트 희곡을 창작했다.[1] 그 외에 최근에 이르기까지 유럽과 미국에서는 아동용 동화나 그림책으로 투란도트 이야기가 멋진 삽화들과 더불어 계속 쓰여지고 있다.

1)

이처럼 투란도트는 옛날의 동화적 이야기가 약간씩 변형되면서 희곡과 오페라, 영화·애니메이션·현대판 동화 등 다양한 매체형식으로 재창작되며, 많은 작품들이 나와 있다. 국내에도 투란도트 이야기는 널리 알려져 있는데, 특히 아동용 동화와 만화로 여러 판본이 나와 있고, 최근에는 북경에서의 대형 오페라 공연(1998) 영향을 받아 국내에서 제작된 대형

2)

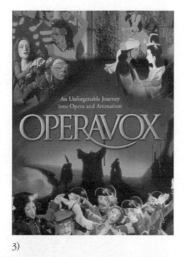

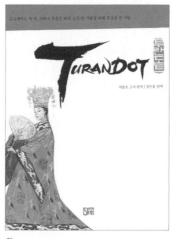

3) 5)

4) 6)

1) 『얼음 공주 투란도트』, 김선희 (동화), 지현경(그림), 보물상자, 2008.
2) 『투란도트』 그림책, 마리아나 메이어(글), 윈슬로우 펠스(그림), 미래M&B, 2003.
3) OPERAVOX(오페라 애니메이션), BBC, 2003. ('투란도트' 는 우측 상단 그림)
4) 『오페라 이야기』 중에서 〈투란도트〉, 다락원, 2004
5) 『투란도트』 동화책, 카를로 고찌 지음, 김두홈 역, 달궁, 2000
6) 〈투란도트〉 애니메이션, 유정아, 2003.

오페라 공연을 통해서도 잘 알려져 있다.

본래 투란도트 이야기는 고대 페르시아에서 전래되었다. 페르시아의 수도승 모클레스가 편집한 동화·민담집 『천일일화』(혹은 〈하자르-예크 루즈 Hazar-yek Ruz〉)에 포함된 '투란도트 공주 이야기'에서 유래하며, 이것은 남자를 혐오하며 결혼을 거부하는 미모의 공주 투란도트(Turandocte)와 용기 있고 영리한 타타르족의 칼라프(Kalaf) 왕자 이야기를 다룬다. 이야기의 핵심은 투란도트 공주가 세 가지 수수께끼를 맞추는 사람에게만 결혼을 승낙하고, 못 맞추는 구혼자는 참수형을 당한다는 것이다.

아랍 세계의 투란도트 이야기가 서양에 처음 소개된 것은 프랑스에서 프랑수와 페티 드 라 크루아(Frangois Petis de la Croix)에 의해 불역되어 1710-12년에 5권으로 출간된 『천일일화』(1001日話/Les mille et un jours)를 통해서였다. 이 책의 영어 제목은 『The Book of One Thousand and One Days』로 우리에게 잘 알려진 아랍 세계의 대표적인 동화집 『천일야화』(1001夜話/千一夜話)와는 다르다. 그렇지만, 『천일야화』가 유명하기 때문에 투란도트 이야기도 여기에 포함된 것으로 자주 오인되고 있다. 『천일야화』가 최초로 서양에 소개된 것은 비슷한 시기에 다른 프랑스인 안토냉 갈랑(Antonine Galland)의 불역본 『Les mille et une nuits』(1704-17) 12권을 통해서였다. 영어권에서는 1838년부터 번역되기 시작하여 여러 번역본이 존재하고, 제목은 『The Book of One Thousand and One Nights』으로 흔히 『아라비안 나이트』(The Arabian Nights)로 알려져 있다. 세계문학사에서 『천일일화』와 『천일야화』는 자매작품 같이 여겨지지만, 내용상으로는 별개의 책이다. 전자의 『천일일화』가 별로 반향을 못 일으키고 거의 잊혀진 책이 되었던 것에 비해, 후자 『천일야화』의 이야기들은 오늘날에도 세계에서 널리 읽히고, 연극과 영

『천일일화』, 서교출판사, 2007

화·애니메이션 등으로 제작되고 있다.(예, 알라딘의 마술램프, 알리바바와 40인의 도적, 신드바드의 항해 등) 다행히 최근(2007년) 국내에도 『천일일화』가 불역본에서 번역·출판되어 여기에 투란도트 이야기가 포함되어 있음을 확인할 수 있다.(서교출판, 제1권, 281-303면, 제2권 12-55면)

『천일일화』는 『천일야화』와 마찬가지로 액자 소설의 형식을 취하고 있는데, 남자를 불신하며 배신을 두려워하여 결혼하지 않겠다는 파루크나즈('행복한 자존심'이란 뜻) 공주가 목욕하는 동안 유모가 그녀를 설득하기 위해 세상에는 너그럽고 충실한 남자들도 있다는 이야기들을 들려주는 틀구조를 갖고 있다. 결국 파루크나즈 공주는 씩씩한 페르시아 왕자를 만나서 백년가약을 맺는다는 이야기로 끝을 맺는데, 이러한 전체 틀구조의 상황은 그 속에 있는 '투란도트 공주 이야기'와 같다.

'중국 공주 투란도트 이야기'는 제63일 낮부터 82일 낮까지 19일 동안의 이야기로 계속된다. 여기서 세인들의 흥미를 끄는 것은 투란도트 공주가 칼라프 왕자에게 제시하는 세 가지 수수께끼이다. 목숨을 걸고 답해야 하는 이 살벌한 문답의 내용은 후대의 〈투란도트〉 작품들에서는 각기 달라지는데, 원전의 내용부터 알아보자. 제71일 낮에 제시되는 세 가지 수수께끼의 내용은 다음과 같다.

첫 번째 문제 : 세상 전체의 친구이며, 모든 나라에 속하는 보편적인 것이면서도 자기 동료의 존재는 참지 못하는 피조물은 무엇입니

까? — 그것은 태양입니다.

두 번째 문제 : 자식을 낳고 자식들이 다 자랐을 때, 그것들을 모두 잡아먹
는 어미는 무엇입니까? — 그것은 바다입니다. 모든 강물들은 바
다로 흘러 들어가는데, 이 강물들의 근원은 바로 바다이기 때문입
니다.

세 번째 문제 : 잎들의 한쪽은 흰 색이고, 다른 한쪽은 모두 검은 색인 나
무는 어떤 것입니까? — 그 나무는 밤과 낮으로 구성되어 있는
한 해(年)를 가르칩니다. [『천일일화』(서교출판, 2007), 제2권, 19-20면]

칼라프 왕자가 세 문제를 모두 맞추자 투란도트 공주는 아연실색하고,
그래도 여전히 칼라프 왕자와의 결혼을 승낙하지 않으려 하자, 이에 칼라
프 왕자는 자신이 투란도트 공주에게 문제를 내며 결혼을 거부할 수 있는
기회를 주겠다고 한다. 즉, 자신의 문제에 답하면 자신의 권리를 포기하고,
맞추지 못하면 자신의 사랑을 받아들일 것을 요청한다. 그리고나서 칼라프
왕자는 "한 끼의 양식을 구걸하며 수많은 고통을 겪으며 살다가 지금은 영
광과 기쁨에 쌓여있는 왕자의 이름은 무엇입니까?"라며 자신의 이름을 묻
는 질문을 제기하니, 공주는 다음날 아침까지 답하겠노라고 말한다.
왕자의 이름을 기필코 맞추려는 투란도트 공주는 첩자로 아리따운 시녀
아델무크를 한밤중에 칼라프 왕자의 숙소로 보내 이름을 알아내서 아침에
결국 이름을 맞추고 만다. 그러나 이때 본래 변방 나라의 공주였다가 붙잡
혀온 시녀 아델무크는 내심 칼라프 왕자를 사랑했기에 전날 밤 같이 도망

치자고 했다가 칼라프 왕자가 거절한 것을 괴로워하며, 칼라프보다는 차라리 자신이 죽겠다며 갑자기 칼을 꺼내 자결한다. 이 급작스런 반전 앞에서 투란도트 공주는 자신의 무자비함을 뉘우치고, 사실은 자신도 이미 칼라프 왕자에게 사랑을 느꼈음을 고백하고, 주변 모든 사람들의 축복을 받으며 두 사람이 결혼을 하게 되는 것으로 이야기는 끝난다.

2. 고찌의 〈투란도트〉 희곡

유럽에서 『천일일화』(Les mille et un jours)의 불역본이 나오고 50년 후 1762년 이태리 베니스 출신의 극작가 카를로 고찌(Carlo Gozzi 1720 - 1806)는 '투란도트 공주 이야기'에 몇 가지를 추가한 5막 비극적 희곡(tragicomedy) 〈투란도트〉(Re Turandote)를 처음으로 창작했다. 이 무렵 1761~65년 사이의 4년은 고찌가 모두 10편의 희곡을 연달아 창작하던 시기였으며, 이들은 대개 기이하고 마술적인 동화에 근거한 비현실적인 이야기들로 보통 동화극(童話劇, Märchenspiel)으로 불린다. 〈투란도트〉도 이런 부류의 작품으로 작가는 비현실적인 내용에다가 당시 이태리에서 성행하던 코메디아 델아르테(Commedia dell' arte)의 특징으로서 가면을 쓰고 나오는 네 명의 인물들인 내시 대신(Truffaldino), 경비대장(Brighella), 장관(Tartaglia), 궁정 서기(Pantalone)를 추가했다. 그것은 본래 고찌가 〈투란도트〉를 코메디아 델아르테 연극을 하는 극단을 위해 썼기 때문이며, 그래서 이 작품은 완성 직후 1762년 베니스의 코메디아 델아르테 전문 극단인 산 사무엘레 극단(Teatro San Samuele)에 의해 초연되었다.

참고로, 코메디아 델아르테(Commedia dell' arte)는 16-19세기에 이태리와 유럽에서 성행한 통속극으로서 유랑극단이 주로 야외 노천 무대에서 공연하며 즉흥적인 연기와 인위성이 강조되고, 4명의 인물들이 가면을 쓰고 나와서 해학스러운 광대 연기를 하는 것이 특징으로 이태리 내외에서 많은 인기를 누렸고, 후대의 연극에도 영향을 끼쳤다. 고찌가 자신의

카를로 고찌(1720~1806)

〈투란도트〉를 비극적 희극(tragicomedy)이라고 칭한 데서 알 수 있듯이, 작품 내에서는 사랑과 죽음이 잔혹하게 진행되면서도 코메디아 델아르테의 기법으로 인해 서민적이고 거칠은 언어와 해학이 들어있다.

고찌의 〈투란도트〉 내용은 원전의 내용과 유사하지만, 세 수수께끼는 완전히 바뀐다. 북경에 있는 투란도트 공주의 궁성에 찾아온 타타르족의 왕자 칼라프는 그녀가 제시하는 세 가지 수수께끼를 모두 맞추자, 투란도트 공주는 몹시 당황한다. 그러자 칼라프 왕자는 그녀에게 다음날 아침까지 자신의 이름을 맞추면, 승리를 포기하고 자신의 목을 내놓겠다고 제시한다. 여기서 투란도트 공주가 제3막 5장에서 내는 세 가지 수수께끼 문제를 알아보자.

첫 번째 문제 : [이것은] 도시와 나라, 모든 궁전에서나, 전세계에서, / 전투의 소용돌이에서도 손상되지 않고 자유로이 / 승자와 패자 사이에 서 있다. / 이것은 인간들에게 다정해서, / 친밀하지 않고 좋아하지 않는 민족에게도 가까이 있다. / 그와 같이 행하

려고 하는 자는 바보라고 할 것인데, / 이것은 그대 주변을 지배하고 있지만 – 그대는 이것을 알아차리지 못할 것이다. – [⋯] 그것은 태양입니다!

두 번째 문제 : [이것은] 그 속으로 현세의 삶과 / 모든 인간이 흘러들어가야 하는 거대한 나무. / 그보다 더 오래된 나무는 없고, / 그것은 항상 시간의 강물 속에서 푸르다. / 그리고 오, 경이롭게도, 한편으로 그 잎사귀들은 명랑한 빛으로 흔들거리지만 / 다른 한편으로 그것은 검게 보이고 밤처럼 음울하다. / 이방인이여, 내게 자유롭게 말해보시오. / 이것이 어떤 나무인지! – [⋯] 그것은 해(年, the year), 밝은 낮과 어두운 밤이 있는 해입니다.

세 번째 문제 : [이것은] 가장 강성한 자에게 충분할 정도로 그렇게 크고 / 가장 활기있는 자도 묶어버릴 정도로 그렇게 좁다. / 그것이 어디에 있는지 아무도 그대에게 말하지 않을 수 있지만 / 누구나 찾는 그것은 아주 쉽게 발견될 수도 있다. / 이방인이여, 그것이 무엇인지 내게 말해 줄 수 있는가? – [⋯] 그것은 무덤, 누구나 누구나 찾아야 할 무덤입니다. [C. Gozzi : *Turandot*, pp. 32-35.]

페르시아 원전의 수수께끼에서 첫 번째와 세 번째 문제는 여기서도 유사하게 남아있지만, 고찌는 세 번째 문제를 새로운 것으로 대체했다. 반면에, 칼라프 왕자가 투란도트 공주에게 기회를 주기 위해 내는 질문은(자신의 이름은 무엇인가?) 동일하다.

또한, 원전과 달라진 부분은 조역 한 명에게도 있다. 투란도트 공주의 시녀인 아델무크가 마지막 장면에 자결하는 원전과는 달리, 고찌의 작품에서는 아델마(Adelma)로 이름이 바뀐 시녀가 죽음으로 끝나지 않고, 그녀 역시 구제된다. 제5막 제2장면에서 투란도트 공주가 칼라프의 이름을 맞추자, 칼라프 왕자가 약속대로 칼을 꺼내 자결하려고 하자, 투란도트 공주가 이를 만류하고 사랑을 고백하고자 칼라프 왕자의 가슴으로 쓰러진다. 이때 칼라프 왕자에 대한 투란도트 공주의 진심이자 사랑을 목격한 시녀 아델마는 자신이 칼라프 왕자를 사랑할 수 없음을 깨닫고, 이내 칼라프 왕자의 칼을 꺼내 자결하려고 하지만, 칼라프 왕자가 이를 제지한다. 그리고 칼라프 왕자는 투란도트 공주의 부친이자 중국 황제인 알툼에게 아델마를 원래의 왕족 신분으로 복권해주기를 간청하고, 황제는 이를 받아들여 모두 행복한 결말로 끝난다. 이렇게 고찌의 작품에서는 마지막 장면의 마지막 순간에 3자간 얽힌 사랑의 실타래가 극적인 반전을 이루며 해피 엔딩으로 마감된다. 민중의 열렬한 호응을 받았던 코메디아 델아르테 연극에서는 아마도 비극적인 결말보다는 행복한 결말이 선호되었을 것이라고 추측할 수 있다.

3. 〈투란도트〉의 재발견

고찌의 〈투란도트〉는 베니스에서 초연 이후 이태리 연극계에서 철저히 잊혀져버렸다. 그 후 고찌의 〈투란도트〉를 재평가하고 발굴해낸 것은 독일의 문호인 괴테와 쉴러, 낭만주의 작가들이었다. 프리드리히 쉴러(Friedrich Schiller 1759-1805)는 1802년 고찌의 〈투란도트〉를 개작했다. 쉴러는 독역본을 확장하며 변형시켰는데, 기본적인 이야기 구조는 유지하면서 여주인공 투란도트를 영웅적으로 묘사하고, 원작의 풍자적이고 거칠은 언어를 고상하게 고쳤으며, 결말에서 투란도트 공주와 칼라프 왕자의 대결을 사랑과 화해의 정신으로 끝나도록 했다.[2] 고찌의 통속적 민중극 대본이 쉴러에게서는 품위있는 서사적 희곡(epic drama)으로 변모된 것이다.

괴테는 쉴러의 〈중국 공주, 투란도트〉(Turandot, Prinzessin von China, 1807)가 완성되고 곧이어 1802년 자신이 고문으로 있는 바이마르 국민극장(Das Nationaltheater Weimar)에서 공연하도록 했다. 그 후 독일의 낭만주의 작가들인 쉴레겔 형제, 루드비히 티크, E. T. A. 호프만 등도 〈투란도트〉에 매료되어 19세기 초반 고찌의 〈투란도트〉는 독일어로 번역·개작되어 여러 판본이 나오게 된다.[3] 이것은 아마도 소재에서 비현실적이고 환상적인 이야기를 선호하던 독일 낭만주의자들의 문학관에 기인한다고 볼 수 있다. 하지만, 독일에서도 낭만주의 이후 〈투란도트〉에 대한 관심이 사라졌고, 고찌와 쉴러의 〈투란도트〉 희곡은 모두 잊혀졌다.

이로부터 거의 100년이 지난 20세기 초반 〈투란도트〉는 다시 깨어나기 시작했다. 유럽에서 1910-20년대 오페라와 연극 공연에서 투란도트에 대한 관심이 일어났는데, 이때 〈투란도트〉의 부활은 19세기말부터 모더니스트 예술가들 가운데서 생겨났던 '이국적 동양'에 대한 관심의 연장선 상에 있다고도 볼 수 있다.[그 대상이 중국인 경우에는 '시니카 에그조티카'(Sinica Exotica, 異國的 中國)라고 한다.] 이 시기에 〈투란도트〉를 재발굴하는 데 결정적인 기여를 한 사람은 독일의 작가 칼 구스타프 폴묄러(Karl Gustav Vollmoeller 1878-1948)였다.

폴묄러는 〈투란도트〉를 제법 신빙성 있게 연구하며 그 가치를 재발견한

공로가 있는데, 그는 쉴러의 개작본에 의존하지 않고, 직접 베니스의 자료실에 가서 고찌의 이태리어 원작을 찾아보며 이에 충실한 독역을 했다. 여기서 그도 원작을 약간 변형하기는 했지만, 쉴러가 제거했던 코메디아 델 아르테 연극의 요소를 가미하는 네 명의 인물인 내시 · 장관 · 경비대장 · 궁정 서기를 다시 살려냈으며, 제목은 〈투란도트. 카를로 고찌의 중국 동화극〉(Turandot. Chinesisches Märchenspiel von Carlo Gozzi, 1911)이라고 붙였다. 또한, 이즈음 1911년 베를린에서는 고찌의 〈투란도트〉가 당시 유명한 연출가 막스 라인하르트(Max Reinhardt)에 의해 도이치 극장(Deutsches Theater)에서 공연되었다. 폴묄러의 〈투란도트〉는 1913년 영역되어 같은 해에 런던의 세인트 제임스 극장(Saint James Theatre)에서 조지 알렉산더 경(Sir George Alexander)의 연출과 작곡가 부조니의 음악을 곁들여 초연되어 주목을 끌었다. 이 무렵, 1910년대 전반 베를린에서 활동하던 폴묄러는 역시 베를린에 와있던 이태리 작곡가 페루치오 부조니(Ferrucio Busoni 1866-1924)와 〈투란도트〉의 런던 공연을 위해 서로 긴밀하여 협력했다.

4. 오페라 〈투란도트〉

오늘날 〈투란도트〉는 연극보다는 오페라 작품으로 알려져 있는데, 그것은 1920년대 초반 푸치니가 작곡한 오페라가 전세계적으로 널리 공연되고 있기 때문이다. 사실, 〈투란도트〉는 일찍이 오페라 작곡가들의 관심을 끌었다. 이미 19세기 후반 이태리 작곡가이자 푸치니의 스승이었던 안토니오 바찌니(Antonio Bazzini 1818-1897)가 고찌의 희곡을 토대로 〈투란다〉(Turanda)

자코모 푸치니(1858~1924)

를 작곡했으나(초연 1867년 밀라노), 오페라 무대에서 주목받지 못하고 잊혀졌다. 20세기 초반, 1910년대 전반 베를린에 거주하던 페루치오 부조니(후에 1920-24년 베를린 예술원Akademie der Künste의 작곡 교수 역임)가 작가 폴묄러와 같이 협력하며 연극공연을 했던 〈투란도트〉에 대한 관심을 확장하여 오페라를 작곡했다. 부조니의 〈투란도트〉 오페라는 제1차대전 중인 1917년 취리히에서 초연되었다.

이태리의 작곡가 자코모 푸치니(Giacomo Puccini 1858-1924)는 말년 무렵 1920-24년 고찌의 희곡을 토대로 〈투란도트〉 오페라를 작곡했다. 오페라 대본(리브레토)은 주세페 아다미(Giuseppe Adami)와 레나토 시모니(Renato Simoni)에게 의뢰했는데, 고찌의 5막 희곡은 3막 구성으로 축소되고, 세 가지 수수께끼는 고찌의 작품에서와 유사하지만, 투란도트 공주의 시녀로서 첩자 역할을 하는 아델마를 없애고, 대신에 칼라프 왕자가 속하는 타타르족 궁전의 궁녀 류(Liu)를 첨가했다. 오페라의 제2막에 나오는 세 가지 수수께끼 문제에 대해 잠시 알아보자. 각 문제는 궁정악사의 트롬펫 소리와 함께 모두의 주의를 집중시키며 투란도트 공주에 의해 제기된다.

첫 번째 문제 : [이것은] 어두운 밤 속을 날아다니는 환영으로 / 검고 끝없는 인간들 위로 날개를 펴고 날아다닌다. / 온세상이 이를 간절히 찾아 부르지만, / 이 환영은 인간의 가슴 속에서 다시 태어나기 위해 / 아침노을과 함께 사라진다. / 그것은 매일 밤

태어나서 / 매일 아침 죽는다! — […] 그것은 희망!(La Sprenza!).

두 번째 문제 : 이것은 불같이 타오르나 불은 아니다. / 종종 이것은 도취이고 / 괴물과 불길의 열기이다! / 활동이 없으면 이것은 무기력으로 바뀐다. / 그대가 지거나 죽으면 이것은 차가워진다. / 그대가 정복을 생각하면 / 이것은 타오르기 시작한다, 불타오르듯! — […] 피!(Il Sangue!)

세 번째 문제 : [이것은] 그대 마음의 불을 타오르게 하는 얼음이면서도 / 그대의 불을 점점 더 얼음으로 만든다! / 하얗고도 어둡고! / 이것이 그대를 자유롭게 해주면 / 이것은 그대를 노예로 만든다! / 하얗고도 어둡고! / 이것이 그대를 자유롭게 해주면 / 이것은 그대를 노예로 만든다. / 이것이 그대를 노예로 받아들이면 / 그대는 왕이 된다 — […] 투란도트!(Turandot)!

[G. Puccin : Turandot, pp. 55-59]

고찌의 희곡과 비교해볼 때, 푸치니의 오페라 대본에서 수수께끼는 완전히 바뀌었다. 이전의 수수께끼들은 자연현상과 인간 삶에 관해 묻는 것이었지만, 푸치니의 대본에서는 '희망과 피'라는 구체적인 개념에 대해 묻고 있고, 세 번째에 가서는 투란도트를 직접 가리킨다. 수수께끼 질문도 20세기 들어서서 현대화되었다. 그럼, 이제 오페라 대본의 줄거리를 간략히 살펴보자.

줄거리 요약

타타르 왕국에서 축출되어 유랑생활을 하던 달탄의 늙은 왕 티무르의 아들인 칼라프 왕자는 투란도트 공주에게 반하여, 자신을 사랑하는 시녀 류와 아버지의 만류를 뿌리치고 구혼하러 와서 자신의 신분을 감춘 채 투란도트의 세 가지 수수께끼를 푼다.(희망, 피, 투란도트) 그러나 투란도트 공주는 결혼에 응하지 않는다. 그러자 칼라프는 자기의 이름을 알아맞추면 승리를 포기하고 생명을 내놓겠다고 제의한다.

투란도트는 군대를 풀어서 시녀 류를 잡아와서 이름을 알아내려고 한다. 류는 심한 고문에도 입을 열지 않고 칼라프 왕자에 대한 사랑을 위해 단검으로 목숨을 끊는다. 칼라프는 투란도트에게 열정적으로 사랑을 호소하고, 이에 공주의 차가운 마음이 녹아 눈물을 흘린다. 날이 밝고 왕자는 공주에게 자신이 타타르의 왕자 칼라프라고 밝힌다. 황제가 나타나자 공주는 '그의 이름은 사랑Amor' 이라고 선언하고 결혼에 기꺼이 응한다.

제3막 1장의 후반부에서 투란도트 공주와 그녀의 대신들이 칼라프 왕자의 이름을 알아내기 위해 류를 체포하여 고문하자, 칼라프를 깊이 연모하던 류는 끝까지 칼라프의 이름을 대지 않고 칼라프를 대신하여 자살한다. 이때 류는 죽기 전에 최후의 아리아 '얼음 같은 공주님의 마음' 을 부르고 나서 옆에 있는 위병의 단검을 뽑아서 자결한다. 이렇게 푸치니는 고찌의 해피 엔딩을 피하고 궁녀 류의 죽음을 첨가했다. 칼라프의 열정적인 사랑으로 마음의 문이 열린 투란도트는 그를 받아들이고, 아버지 알툼에게 "이 젊은이의 이름을 알아냈습니다. 그것은 바로 '사랑' (Amor)!"이라고 소리 높여 외치고, 축복 속에 막이 내린다.

그런데 푸치니는 마지막 장면(제3막 2장)에서 투란도트 공주-칼라프 왕

1926 라 스칼라 초연 포스터

1926 라 스칼라 초연 무대
(위에서부터)

제1막
전설시대 중국 북경의
궁궐 앞 광장

제2막
북경의 누각

제3막
왕궁의 정원

자의 이중창(duett)과 피날레(finale)를 완성하지 못했기에 오페라는 미완성이었다. 이 부분은 푸치니의 死後에 이태리 작곡가이자 토리노 음악원 원장이던 프랑코 알파노(Franco Alfano)에 의해 작곡되었다. 알파노는 푸치니의 악보 스케치와 전체 음악을 고려하며 마지막 부분을 작곡했다.

푸치니의 〈투란도트〉는 그가 세상을 떠나고 2년 후 1926년 밀라노의 라 스칼라(La Scala) 극장에서 저명한 지휘자 토스카니니(Arturo Toscanni)의 지휘로 초연되었다. 그런데, 이때 토스카니니는 알파노의 이중창과 피날레 부분을 공연하지 않았다. 초연일(1926.4.25)에 토스카니니는 마지막 장면에서 시녀 류(Liu)의 죽음 후 연주를 멈추고, 관객석을 향해 "마에스트로는 이 지점까지 작곡하고 세상을 떠났으므로, 여기서 오페라를 마칩니다"라고 말하며 공연을 마쳤다는 유명한 일화가 있다. 그 다음날부터는 알파노의 마지막 부분이 첨가되어 공연되었다. 그 후 오늘날까지 이 마지막 부분은 지휘자의 견해에 따라 공연되기도 하고, 안 되기도 한다. 그 이유는 알파노의 작곡 부분이 푸치니의 오페라 전체에 부합되느냐 아니냐에 따라 견해 차이가 있기 때문이다.

그 후 〈투란도트〉 오페라는 푸치니의 이전 작품인 〈나비 부인〉(Madame Butterfly, 작곡 1904, 초연 1904)과 함께 동양적 배경과 이국적인 동양의 여주인공을 이용하는, 다분히 오리엔탈리즘적인 작품으로서 서양의 여러 대형 오페라 극장에서 오늘날까지 자주 공연되고 있다. 투란도트 이야기의 배경이 되는 중국에서도 초대형 오페라 공연이 1998년 북경 자금성(紫禁城)에서 주빈 메타(Zubin Meta)의 지휘와 영화감독 장이모우(張藝模)의 안무 연출로 이루어졌다. 공연 전에 중국 내에서는 푸치니의 〈투란도트〉 내용이 중국인 비하적인 편견이 있다는 이유로 인해 공연 허가에 대한 논란이 있었다고

〈투란도트〉 오페라 공연, 서울 상암동, 2003

한다. 국제적인 합작이 이루어진 북경 공연에서는 대형 동양식 궁전과 계단 무대 앞에 다수의 인민해방군 군인들이 엑스트라로 출연했고, 투란도트 공주는 지오바나 카솔라(Giovanna Casolla)가, 칼라프 왕자는 세르게이 라린(Sergej Larin)이 맡았다.

5. 연극 〈투란도트〉

푸치니의 〈투란도트〉 오페라가 초연되어 화제를 일으키던 1920년대에는 연극무대에서도 〈투란도트〉의 대성공이 있었다. 러시아의 연출가 예브게니 B. 바크탄코프(Yevgeny B. Vakhtangov 1883~1922)가 고찌의 희곡을 토대로 1922년 모스크바에서 올린 〈투란도트〉 공연은 대단한 성공을 거두며 10년

가량 공연을 했다. 바크탄코프는 자신이 설립한 바크탄코프 극단에서 〈투란도트〉를 올렸는데, 장기 공연의 끝 무렵 1932년에는 브레히트도 망명 중에 들린 모스크바에서 이 공연을 관람할 수 있었다.[4]

바크탄코프 극단의 〈투란도트〉 공연에서 연출자는 고찌의 비극적 희극을 기괴성(grotesque)으로 해석하고, 코메디아 델아르테 방식을 결합시켜서 연극성(theatricality)을 강조하고 비환상적 효과를 지향했다. 무대는 미래파 무대미술가 이그나티 니빈스키(Ignaty Nivinsky)의 추상적이고 입체적인 장치가 동반되었고, 소도구와 의상 · 가면에서는 동양적

바크탄코프 극단의 〈투란도트〉 공연
(모스크바 1922-32)
위) 니빈스키의 무대디자인
아래) 공연 장면

인 요소들이 활용되었다.[5] 배우의 연기에서는 코메디아 델아르테적인 인위성과 즉흥성이 부각되었는데, 연기자들은 미리 연습한 역할을 묘사하는 것이 아니라, 자신들의 역할을 무대에서 즉흥적으로 보여주었다.

이것은 바크탄코프가 추구하던 '연극에 적합한 연극'이 실현된 것이며, 연극미학적 용어로는 '환상적 리얼리즘'(fantastic realism)라고 지칭된다.[6] 이것은 스타니슬라브스키식 사실주의이자 환상으로서의 연극에서 벗어나서 인위적이며 비환상적 연극이 실현된 형태이며, 연극 속에서 생소화

(Verfremdung) 현상이 수반된 연극이다. 이처럼 무대 사건을 생소화시켜 보면서 현실 문제를 통찰하게 하는 연극미학은 바로 브레히트가 추구하던 형식으로 훗날(1950년대 중엽) 서사극(the epic theatre)에서 실현한 것이다. 나중에 브레히트의 〈투란도트〉 희곡 초연을 시도했던 연출자이자 베를린 앙상블에서 브레히트의 제자였던 베노 베손(Benno Besson)이 전하는 바에 따르면(1969년), 브레히트는 바크탄고프 극단에 의한 "〈투란도트〉의 인형극적 공연을 통해서 자신의 판본을 위한 영감을 받았다"고 한다.[7] 이런 점들로 볼 때, 바크탄코프의 〈투란도트〉 공연이 브레히트의 〈투란도트〉 희곡에 끼친 영향은 분명 간과할 수 없을 것이다.

6. 브레히트의 〈투란도트〉 희곡

세상의 흥미로운 문학 소재에는 모두 관심있던 작가 브레히트가 투란도트 이야기를 접하게 된 것은 1925년경 칼 폴묄러가 고찌의 작품을 번역-개작한 판본을 통해서였고, 1930년경부터 그도 투란도트 작품을 구상하게 된다. 그러나 브레히트는 망명 기간(1933-48) 중에 여러 나라들을 돌아다니며 〈투란도트〉 희곡을 집필할 시간을 갖지 못했고, 1948년 동베를린으로 돌아와 베를린 앙상블을 창설하고 초기의 성공적인 공연들을 보여준 이후에야 가능했다. 그는 동베를린에서 1953-54년 투란도트 이야기를 희곡화할 수 있었으며, 이때 제목은 〈투란도트 혹은 세탁부들의 회의〉(Turandot oder Der Kongress der Weisswäscher)이었다.

여기서 유의해서 보아야 할 점은 브레히트의 〈투란도트〉 내용은 종래의

〈투란도트〉 작품들과는 판이하게 다르다는
것이다. 사회 모순을 묘사하며 비판하기를 원
하는 작가 브레히트가 투란도트 소재에 관심
을 가진 것은 묘한 매력을 발산하는 괴팍한
여주인공 투란도트와 결혼에 관련된 동화극
은 아니었다. 작가가 작품에서 초점을 맞춘
것은 지식인과 사회현실의 관계이고, 지식인
의 타락에 관한 내용이었다. 제목에 '세탁부

브레히트(1898-1956)

(洗濯夫)들의 회의' 라고 붙여있는 것도 지식인들이 사회상황을 '세탁하는'
기능을 빗대어 말한 것인데, 혼탁한 사회현실을 맑은 것 인양 호도하며 정
권에 아첨하는 모습을 비꼬는 표현이다.

독일에서 정치사회적으로 혼란스럽고 경제적으로 어려웠던 1920년대 바
이마르 공화국 시대(1919-32)에 젊은 시절을 보낸 브레히트는 많은 지식인
들에게서 좌 - 우익의 극심한 이데올로기 갈등을 목격했고, 30~40년대 망
명생활 중에는 유럽과 미국에서 파시즘 하에서 지식인의 처신, 원자폭탄의
발명과 투하, 매카시즘 등을 체험하며 정치적 권력과 지식인의 밀착과 배
신 등의 상황을 목격했다. 동독으로 귀국 이후 50년대에는 동서독에서 지
식인들의 체제 순응적 행위들을 보면서 브레히트는 현대사회에서 지식인
문제를 다루는 작품을 쓸 생각을 굳히게 된다.

이를 주제화하기 위해 브레히트는 기존의 〈투란도트〉 작품들에서 공통
적인 부분을 변화시켰다. 브레히트의 작품에서는 수수께끼를 풀어 매력적
인 공주 투란도트에게 구혼하는 것이 주요 문제가 아니라, 경제난이 발생
한 중국에서 궁정을 배경으로 난국을 해결하기 위한 지식인의 대답에 초점

을 맞춘다. 중국 황제가 면화를 매점매석하여 면화가 사라지고, 민중들이 입을 옷이 없어 헐벗고 궁핍해지는 상황이 생기자, "면화는 어디 있는가?" 하는 것이 최대의 문제로 떠오르고, 이에 대한 적절한 답변을 대기 위해 소집된 지식인 회의에서 가장 설득력있는 해명을 제시한 지식인에게 투란도트 공주와 나라가 주어진다. 이 문제풀이에 몰려드는 지식인들이 허황되고 사변적인 답변만을 늘어놓자, 작가는 지식인의 부패한 정신성을 풍자하기 위해 투란도트 공주의 관능성을 대비적으로 제시한다. 정신보다 하위에 있다고 여겼던 육체가 '상품화된 정신' 위에 존재함을 묘사함으로서 작가는 지식인의 매춘성과 권력지향성을 조소한다. 그리고 작가는 경제난을 극복하기 위해 땅을 나누어준다는 주장으로써 민중의 희망이 된 카이 호가 온다고 제시하는데, 막상 나타나지 않는다. 작가는 경제난에 시달리는 때에 사회주의 사회에 대한 비전은 있으나, 실현되지는 않는 상황을 보여주는 데 그치고 있다.

이러한 내용이 있는 브레히트의 〈투란도트〉는 여주인공 투란도트 공주의 미묘함과 이국성을 적극적으로 활용하지 않으며, 오페라 공연에서처럼 여주인공과 동양적 무대장치 및 효과에 근거한 오리엔탈리즘과 무관하며, 수수께끼 풀이와 연관된 애정과 권력관계도 관심사도 아니다. 작가 스스로도 "지성의 남용을 다룬다"고 하는 〈투란도트〉 희곡에서 브레히트의 관심은 통치자와 지식인·민중과 관련된 정치적 현실이고, 지식인의 사회적 역할과 문화적·도덕적 책임을 주제로 포착하고 있으므로, 여기서 투란도트 공주의 역할을 부차적인 것에 불과하다.[8]

브레히트는 동베틀린 동쪽의 부코브(Buckow) 별장에서 보낸 1953년 여름부터, 그러니까 동베틀린에서 6월 17일 노동자 항거 사건 직후에 초고를 완성하고, 1년 후 1954년 여름에 다시 수정을 가하면서 새 판본을 완성했다. 하지만, 여기서 '완성'이란 말은 유보적으로 해석될 필요가 있다. 작품의 '진정한 완성' 여부에 관해 논란이 있기 때문이다. 브레히트의 가까운 조력자였던 엘리자베트 하우프트만은 "베를린 앙상블에서 브레히트의 연출이 이루어지지 않았으므로, 그가 공연 연습을 통해 고려하려 했던 출판용 판본에 도달하지 못했다"[9]고 한다. 게다가 이즈음 브레히트는 〈코카서스의 백묵원〉 연출작업과 〈갈릴레이〉의 연출을 준비하느라고 시간적인 여유가 없었을 뿐만 아니라, 세상을 떠나기 1년 전이었던 이 시기에 건강이 쇠약해져서 이듬해 1956년 8월 세상을 떠나기 전까지 〈투란도트〉 작품 수정을 위한 시간을 갖지 못했다. 그래서 이 작품은 '단편' (斷片, Fragment)이라고 지칭되기도 한다.

■ 주
1) 현대의 독일 극작가 볼프강 힐데스하이머(Wolfgang Hildesheimer)는 먼저 방송극으로 〈투란도트 공주〉(Prinzessin Turandot, 1954)를 썼으며, 그 후 희곡 〈투란도트 공주의 정복〉(Die Eroberung der Prinzessin Turandot, 1961)을 내놓았다.
2) G. Hensel: Spielplan, p. 309.
3) Lbid., p. 310.
4) 이 공연에 대해서는 필자의 논문을 참조. 이상면, 〈투란도트〉 텍스트와 연극 - 모스크바 · 취리히 · 서베를린 공연을 중심으로, 『브레히트와 현대연극』, 제12집(2004), 267-270면.
5) J. L. Styan: Modern drama in theory and practice 3···, p. 95.
6) Ibild., p. 92; M. Brauneck: Klassiker der Schauspielregie, p. 217.
7) B. Brecht: Werke 9 (Turandot-Kommentar), p. 398 [Abendzeitung (Nürnberg), 23.1.1969]
8) Ibid., p. 397.
9) B. Brecht: GW 5 (Anmerkungen 3), p. 2273.

■ 참고문헌

· 이상면, '동양풍의 브레히트–통일시대의 진보적 연극 「투란도트」', 『독일의 예술.
  분단에서 통일로』, 서울(시공사) 1996, 139-148면.
· _____ , 〈투란도트〉 텍스트와 연극–모스크바 · 취리히 · 서베를린 공연을 중심으
  로, 『브레히트와 현대연극』, 제12집(2004), 260-281면.
· 프랑수와 드 라 크루아, 〈천일일화〉, 1-3권, 강주헌 · 유정애 역, 서교출판사, 2007.
· Carlo Gozzi: Turandot. Tragikomisches Märchen in fünf Akten, aus dem
  Ltalienischen übertragen von Paul Graf Thun-Hohenstein, Stuttgart: Reclam, 2005
  (1965, Freilassing: Steyer erlag).
· Giacomo Puccini: Turandot. Operndrama in drei Akten und fünf Bildern, Textbuch
  Italienisch/Deutsch, übersetzt und herausgegeben von Henning Mehnert, Stuttgart:
  Reclam, 2006.
· Bertolt Brecht: Gesammelte Werke 9 (Anmerkungen 3), Frankfurt am Main, 1967, p.
  2273.
· _____ : Werke 9 (Turandot-Kommentar), Berlin/Weimar/Frankfurt am Main:
  Suhrkamp, 1992, pp. 397-416.
· Manfred Brauneck: Klassiker der Schauspielregie. Positionen und Kommentare zum
  Theater im 20. Jahrhundert, Hamburg: Rowohlt Verlag, 1988.
· Georg Hensel: Spielplan. Schauspielführer von der Antike bis zur Gegenwart, Bd. 1,
  Berlin: Propyläen Verlag, 1986.
· J. L. Styan: Modern drama in theory and practice 3: Expressionism and epic theatre,
  New York etc.: Camebridge University Press, 1981.

브레히트의
〈투란도트〉 희곡과 공연

창작 및 공연

· 작품구상 1930년경 〈투란도트〉 희곡 계획
· 창작   1953년 여름, 1954년 여름 수정 · 개작
· 출판   1967년 서독 프랑크푸르트 주르캄프
                (Suhrkamp) 출판사
            1968년 동독 동베를린/ 바이마르
                아우프바우(Aufbau) 출판사

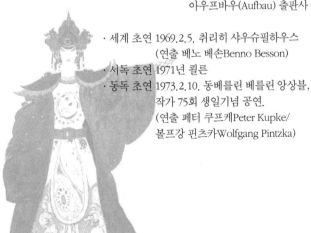

· 세계 초연 1969.2.5. 취리히 샤우슈필하우스
              (연출 베노 베손Benno Besson)
· 서독 초연 1971년 쾰른
· 동독 초연 1973.2.10. 동베를린 베를린 앙상블,
              작가 75회 생일기념 공연.
              (연출 페터 쿠프케Peter Kupke/
              볼프강 핀츠카Wolfgang Pintzka)

1. 내용과 주제

중국에서는 비단과 면화가 과잉생산되어 값이 하락한다. 황제는 동생의 건의에 따라 면화를 매점매석하고, 면화값이 올라간 뒤에 되팔아서 폭리를 취한다. 그러자 농민들의 생활은 궁핍해지고, 백성들은 헐벗은 채 다니고, 지방에서는 지식인 카이 호가 반란을 조직하고 있다는 소식이 들려온다. 황가(皇家)에서 대량 매입된 비단과 면화는 황궁의 창고에 숨겨두었는데, 이제 황가와 각료들은 민중들이 그 냄새를 맡을까봐 염려한다.

황제의 동생은 온 나라의 20만 지식인들을 소집하여 '사라진 면화'에 대해 적절한 해명을 하고, 황가에 대한 신뢰를 회복시켜 주기를 요청한다. 이 문제풀이에 성공하지 못하는 지식인은 참수되고, 가장 설득력 있는 설명(논증)을 제시하는 지식인에게는 황제의 관능적인 딸 투란도트가 주어진다. 이 대단히 매혹적이고도 살벌한 게임에서 황제의 세탁부들인 수많은 지식인들이 처형되고, 결국 이 문제는 지식인이 되려다가 실패했던 노상 강도 고거 고가 역설적인 방법으로 해결한다 — 즉, 어떤 대답이 아니라 질문과 대답을 금지시킴으로써.

황제는 고거 고를 신임하고, 권력을 잡은 사이비 해결사 고거 고는 창고에 있는 면화의 반을 불살라 버린다. 그리고 이것을 정적들(다른 지식인들)이 저지른 소행으로 알리고, 이들을 '민중의 적'으로 몰리게 한다. 또한 새로운 권력자들은 자신들의 관점에 상응하는 예술만을 인정하고, 다른 예술은 모두 사장시켜 버린다. 지식인 학교에 들어가려고 농촌에서 상경한 노인 센은 '썩은 지식'을 팔고 있는 지식인들에게 실망하며, 스스로 사회현실 상황을 깨닫고, "땅을 나누어주는 지혜를 지지한다"는 카이 호의 주장에 이끌린다. 마지막 장면 '만주의 사찰'에서 고거 고는 투란도트 공주와 결혼식을 추진하지만, 투란도트는 또다시 변덕을 부리고, 어떤 군인이 등장하여 행사를 물리친다.

브레히트의 〈투란도트〉는 지식인 사회에 대한 우화(寓話)이다. 〈투란도트〉에서 브레히트는 지식인의 정신적 · 도덕적 부패를 비유적으로 표현하며 지식인에 의한 문화의 타락을 비판한다. 자본주의 사회에서 지식이 판매되고 거래되며, 또한 자본주의이건 사회주의 사회이건, 지식인들은 지식을 이용해 현실상황을 설명하는 것이 아니라, 오히려 사회 문제들, 즉 '사회의 오점' 들을 정화시키는 '세탁' 역할을 하고 있다. 작가는 이러한 지식인들의 '부패한 정신성'(Geistigkeit)에 대해서 투란도트 공주의 신체노출 행위와 색욕(色慾 Lüsternheit)을 대비시키며 모든 썩어버린 '정신적인 것' 을 풍자한다. 정신보다 '저급한 것' 으로 여겨졌던 육체가 오히려 '상품화된 정신' 위에 존재하는 상황을 통해 작가는 상업화된 지식의 시대에 지식인의 매춘성(賣春性)과 권력지향성을 조소하고 있다. 동베를린에서 1953년 여름 창작 시에 브레히트가 〈투란도트〉의 주제와 관련해서 작품은 "지성의 남용"을 다룬다고 했듯이,[1] 작품은 '지성의 잘못된 사용' 이란 주제를 통해 역사 속에서 지식인들의 정치적 · 문화적 역할에 대해, 그리고 지식인과 사회, 지식인과 민중의 관계에 대해 다시 생각하게 한다.

2. 작품의 역사적 배경

브레히트의 〈투란도트〉는 비유극이면서 실제 현실과 연관을 지니고 있다. 작가의 생전에는 출판되지 못하고, 사후 11년(서독 1967/동독 1968) 만에 출판된 이 희곡은 전래되는 '투란도트' 이야기를 변형하여 현대 자본주의 사회에서 지식의 상업성과 지식인들의 권력지향성을 비꼬고 있다. 동독의 독문학자 베르너 미텐쯔바이에 의하면, 작가가 작품을 쓰게 된 직접적인 계기는 동베를린에서 1953년 6월 17일 사건(노동자 항거) 전후 그와 지식인들과의 경험을 통해서였다고 한다.[2] 또한, 더 나아가서 작가는 스스로 체험했던 바이마르 공화국 시대와 히틀러 정권 하에서, 미국과 서독에서 정치적으로 혼란했던 시기에 지식인들의 행동을 되돌아보면서 '지식인 문제성'을 희곡에서 다루고자 했다.

그래서 작품은 중국을 배경으로 펼쳐지면서도, 지식인을 지칭하는 '투이'(Tui)[3]에는 우선 20년대 독일 지식인들의 모습이 들어있고, 의복자조합과 無의복자조합대표에는 당시 사회민주당(SPD)과 공산당(KPD)의 주장이 들어있다. 황제에는 1910년대 후반의 제국대통령, 고거 고에는 히틀러의 모습이 들어있다. 이외에도 작가는 역사적으로 '권력자의 세탁부' 역할을 해왔던 지식인의 모습을 비판적으로 묘사하면서 동서독의 지식인들을 풍자하고 있다. 특히 자만하고 프리마돈나처럼 등장하는 문카 두(Munka Du)의 모습에서는 프랑크푸르트 학파의 철학자 아도르노(Theodor W. Adorno)와 히틀러 등장 초기 나치즘에 동조했다가 돌아선 소설가 토마스 만(Thomas Mann)이 암시된다고 한다.[4] 또한, 1948년 브레히트가 동독으로 귀환한 이후 50년대 초반 사회주의 국가 건설과정에서 일어났던 사건들도 중첩되는데, 동베를린에서 1953년에 일어났던 6.17 노동자 항거 사건과 더불어 문화유산에 대한 '정리작업'(9장)은 1949~54년에 있었던 동독의 문화정책과 연관된다. 간접적인 연관으로는 제2차대전 직후 40년대 후반~50년대 미국과 서독에서 '매카시즘(MacCathysm) 열풍' 때에 좌파 지식인들에 대한 '마녀사냥'이 있고, 유사한 시기에 러시아와 동독에서 사회주의적 관점에 따라 이루어진 '지식인 숙청'도 해당된다.

3. 〈투란도트〉 희곡의 장단점

미완성 혹은 단편(斷片, fragment)으로 여겨지는 브레히트의 〈투란도트〉는 몇 가지 장단점을 내포하고 있다. 작품 내용에서 지식인과 정신성에 대한 풍자와 패러디, 유머가 넘치는 언어들은 매우 지식인과 현실사회의 관계를 매우 흥미롭게 만들어준다. 장면들은 독립적으로 구성되어 극중 사건이 느슨하게 연결되어 카바레(Kabarett, 짤막한 사회풍자극) 장면들과 흡사하다고 말해지기도 한다. 내용 진행에서 볼 때에는 극중 사건 구성이 단순화되고, 지식인들의 투박한 묘사와 이들의 행동에 대해 적절한 동기부여(motivation)가 되지 않는 점, 모호한 결말에 문제점이 있다. 그 때문에 연극평론가 헤닝 리쉬비터는 브레히트가 "지식인에 대한 풍자극에서 적절한 사건구성을 발견하지 못했다"[5]는 것을 작품의 결정적인 결점으로 보았다.

이것은 작품의 네 가지 주된 스토리라인인 투란도트와 황가(皇家) 이야기, 투이 이야기, 고거 고 이야기, 그리고 센과 민중 이야기를 통합하는 의미가 종반부에 모아지지 않고, 각기 독립적으로 끝나버리는 것을 말하는데, 이 때문에 작가의 주된 포인트가 무엇인지 애매해질 수 있다.[6] 필자는 작품의 마지막 '만주의 사찰' 장면에서 이전 장면으로부터 연유되지 않는, 예기치 않은 변화가 갑자기 일어나며 황급히 끝나버리는 점도 문제라고 생각한다. 브레히트는 생존 시에 〈투란도트〉 작품을 직접 무대에 올려볼 수 없었기 때문에, 공연을 통해 작품 수정을 할 기회가 없었다.

브레히트의 〈투란도트〉 희곡은 문학적인 가치에 있어서 높이 평가받지 못했으나, 연극의 관점에서 바라보면 다른 측면들이 드러난다. 브레히트의 〈투란도트〉는 연극성이 풍부한 작품으로 무대공연으로서의 잠재력이 크며, 이런 의미에서 연극적으로 대단히 매력있는 작품이다. 이것은 취리히 시립극장에서의 초연(1969)와 동베를린의 베를린 앙상블에서의 공연(1973), 그리고 서베를린에서 1989년 제작극단의 공연이 성공적이었던 것에서 입증된다. 작품에는 다음과 같은 연극적 매력이 잠재되어 있다.

우선 첫 번째는 '연극성'(theatricality)으로서 비환상성을 드러내는 인위성과 연극적 효과를 살릴 수 있는 요소들이 많다. 인형극과 잔혹극(Theatre of Cruelty) 요소, 기괴성(grotesque), 언어에서는 역설(paradox)과 반어(irony), 풍자의 요소들이 많이 포함되어 있다. 두 번째는 '이국성'(Exotik/exoticism)의 요소로서 중국이 작품 배경이 되고 있으므로, 무대장치와 의상 · 분장 · 가면 등의 시각 요소와 음악 · 노래의 청각 요소에서 서양인에게는 매우 신비롭고 낯설은 효과를 거둘 수 있고, 중국 외의 동양인에게는 낯설지는 않으면서도 외국적인 배경을 이용할 수 있다. 브레히트가 노렸던 대로 이국적인 배경에서 얻어지는 소외효과와 관객의 호기심 유발을 얻을 수 있다. 세 번째로는 '현실성'(Aktualität) 차원으로서, 공연되는 나라와 사회의 사회현실에 적합하게 '지식인과 사회' 문제성을 주제화하여 공연할 수 있다. 그럼으로써 공연은 시사성 내지 시대적 연관성을 띨 수 있으며, 자기 사회의 문제들을 포함시켜서 공연은 내용적으로 관객에게 직접적으로 호소할 수 있다. 지식인의 기회주의, 무능과 권력지향성과 관련된 문제는 옛날부터 종종 문제시되어 왔던 주제로서 보편성이 있다. 브레히트의 〈투란도트〉 희곡에 내포된 이러한 '연극적 매력' 들은 무대에서 아직까지 완전히 발굴되지 않았으며, 그런 의미에서 여전히 창조적인 연출자와 공연팀을 기다리고 있는 작품이다.

4. 초연 - 취리히 샤우슈필하우스 공연(1969)

브레히트의 "약한 희곡"(weak play)[7]으로 분류되는 〈투란도트〉는 그의 다른 작품들과 달리 무대에서 자주 공연되지 않았으므로, 〈투란도트〉의 초연은 상당히 늦어졌다. 초연은 작품이 집필되고 14년 후 1969년 취리히 시립극장인 샤우슈필하우스(Das Schauspielhaus Zürich)에서 이루어졌다. 베를린 앙상블(Das Berliner Ensemble) 극단에서 브레히트의 제자로서 연극수업을 받았던 베노 베손(Benno Besson)이 자신의 고국 스위스로 돌아와서 과감하게 초연 연출을 시도했다.

베손은 광대극(Burleske)의 형식 속에서 인위성과 기괴성을 강조하고 히틀러와 제2차대전 때의 지식인 문제를 둘러싼 시사성을 부각시켰다. 호르스트 자거르트(Horst Sagert)의 무대장치에서 황제의 좌석은 흰색 비단으로 장식하고, 배경에는 구멍 난 무명천을 걸쳐서 민중의 세계를 상징화했고, 무대 위에는 알프스의 산봉우리인 마테호른 그림이 걸려있었다. 인물 묘사에서 연출자는 고거 고에게서는 작품에 있는 대로 히틀러의 모습을 부각시키고, 무능하고 권력지향적인 지식인들의 모습에서는 시대적 연관성을 살려서 서방측의 과학자(원자폭탄의 발명가 로버트 오펜하이머 등)들을 비롯한 학자들의 모습을 표현했다.

공연은 관객에게서는 호응을 얻었지만, 비평가들에게서는 많은 비판을 받았다. 비판적 견해는 희곡과 공연에 모두 해당되었는데, 희곡 작품에서 종결점 없는 여러 가지 사건 진행과 관련된 '미완성' 문제가 지적되었고, 지식인의 모습이 흑백 묘사로 그친 점에 기인했다.[8] 또한, 많은 비평가들은 공연이 너무 늦게 실현되어서 작품의 '현실성이 낡아버렸다'는 점을 언급했다.[9] 공연에서 히틀러 비유나, 제2차대전 중 과학자들의 원자폭탄 제조, 40년대 말 미국 등지에서 매카시즘으로 인한 지식인 사냥 등의 현상들은 60년대 말의 시점에서는 '이미 지나간 일'이었기 때문이었다. 공연에서 서방사회에 비판적인 관점이 많았던 것은 연출자 베손이 50년대에 동베를린에서 연극 수업을 받고 온 경력에 기인하는 점도 있을 것이다.

취리히 공연은 희곡이 갖는 문제점들에도 불구하고 시사성을 내포한 연극적 사건임에는 분명했다. 동시에 이 공연은 연극이 시대를 반영하는 예술로서의 특징이 드러났던 동시에 민감한 시대 문제에 휘말렸던 경우였다. 서독에서는 취리히 초연 2년 후 1971년 퀼른에서 처음으로 공연이 있었고, 이듬해에는 프랑크푸르크의 테아터 암 투름(Theater am Turm)에서 있었다. 프랑크푸르트 공연에서는 지식인의 모습에서 허버트 마르쿠제(Herbert Marcuse)가 암시되기도 했다.

동독에서 첫 공연은 1973년 베를린 앙상블에서 페터 쿠프케/볼프강 핀츠카(Peter Kupke/Wolfgang Pinzka)의 연출로 브레히트의 75회 생일기념으로 무대에 올려졌다. 매우 중국적으로 꾸며진 무대에서 공연은 현실적 연관이 직접적으로 유추되지는 않도록 연출되었지만, "자본주의 사회에서 지식인이 처한 모순과 그 속에서 자유로울 수 없는 점에 목표를 두었다"[10]고 하는

데, 이런 무대해석도 결국 동서 대립의 연장선 상에 있다. 공연은 베를린 앙상블의 전성기 때처럼 성공적이었으며, 당시의 문화적 사건으로 호평을 받았다고 한다. 그 후 베를린 앙상블은 1981년에 다시 〈투란도트〉 공연을 했다.

5. 베를린 제작극단 공연(1989-90)

서베를린의 제작극단(Theater Manufaktur)는 1988년 12월 오토 존쉬츠(Otto Zonschitz)의 연출로 〈투란도트〉를 공연하여 성공을 거두어서 1989년 1년 내내 공연이 계속 되었다.[11] 또한 베를린 장벽붕괴(1989.11.9) 후 서독 극단들 가운데서는 처음으로 동독에서 초청받아 1990년 2월부터 동베를린 외 몇몇 도시에서 방문공연을 했다. 동독에서 초청한 이유는 무엇보다도 작품이 무능한 정치가와 권력의 하수인이 된 지식인들이 민중을 기만하는 행태를 다루고 있는 점이 바로 동독 사회주의 정권 하에서의 상황과 유사했기 때문이다.

필자가 직접 관람한 이 공연에 대해 요약적으로 말하자면, 연출자 존쉬츠는 동양적인 요소들을 살려서 이국적인 효과를 극대화하였고, 작품의 상당 부분을 삭제하여 작품내용을 간략히 만들었다는 데에 성공 요인이 있었다. 연출자 존쉬츠는 특히 동양적인 요소를 활용한 덕을 크게 보았다. 동양적 무대장치와 의상을 마련하고, 많은(20여 개) 동양 악기들을 전면무대 오른쪽에 배치해놓고 수시로 연주를 했다. 무대 뒤에는 황제를 상징하는 비단천이 걸려있고, 무대 천정에는 대나무 막대기로 주름이 잡힌 흰 무명천

베를린 제작극단 극단의 〈투란도트〉 공연 1989-90
위) 투란도트 공주와 고거 고
아래) 지식인과 농부 센

이 가로질러 덮여있고, 무대 바닥에는 다다미판이 깔려있다. 배우들의 의상은 중국식과 일본식이 혼합되었지만 붉은색, 흰색, 노란색, 청색 등과 같이 다채롭고 화려한 색상에다가 팔소매와 바지폭이 넓은 의복과 도포를 입고 등장했고, 머리카락 모양은 사무라이와 유사하게 분장되었다.

연극에서 이러한 동양적 효과는 주로 프랑스에서 활동하는 연출가 아리안느 무쉬킨(Arianne Mnouchine)이 이끄는 태양극단(Théâtre du soleil)의 연극에서 영향받은 것이다. 태양극단은 80년대 초반 이후 셰익스피어 시리즈 연극에서 일본의 가부키(歌舞技)와 인도의 카타칼리(Kathakali) 무용극 요소들을 서양 연극과 결합시킴으로써 대성공을 거두고 있다. 제작극단의 연출자 존쉬츠는 태양극단의 연극 스타일뿐만 아니라 중국의 경극(京劇)과 인도네시아 그림자극도 이용했다. 그러나 연기술에는 문제가 있었다. 독일 배우들이 가부키(歌舞伎) 연극배우의 연기술, 즉 인위적이고 과장적인 동작들을 짧은 시간 동안에 익히는 것은 무리였다. 배우들은 인형극적 인위성을 살리기 위해서인지 의식적으로 몸동작을 분절적으로 취했는데, 이런 동작들도 어색함을 피할 수 없었다. 우선 독일 배우들은 팔다리 소매가 치렁치렁한 동양 의상을 입은 상태에서 무대에서 움직이는 팔동작과 걸음걸이조차 불편하게 보였다.

그렇지만, 공연 내용에서는 생각해볼 만한 점이 있었다. 연출자는 통일을 상상할 수 없었던 시점(1988)에 공연을 올렸는데, 공연 도중에 장벽 붕괴가 일어나자, 대본과 공연 몇몇 부분을 수정한 후에 재공연을 했다. 동독쪽에서 볼 때에 지식인 비판에 관한 이 공연은 동독에서 특별히 주목받는 작품이 되었다. 동독 사회주의 체제가 몰락하고 통일이 된 후에 이제 그 정권하에서 아부하며 민중을 속이던 지식인들은 처벌받고, 반면에 거기서 핍박

받던 양심적인 지식인들은 복권되고 인정받는 시대가 되었다. 이러한 '지식인 비판과 심판'이 가해지는 시점에 〈투란도트〉 연극은 분명 시사성을 띠고 있다.

서독의 한 비평가는 결말 부분에 있는 농부 센의 대사 "여기서 파는 사상은 썩은 냄새가 난다"가 관련된 삼중적 의미에 대해 언급했는데, 그것은 동독뿐만 아니라, 서독에도, 그리고 작가 브레히트 자신에게도 해당된다고 언급했다.[12] 이 비평가는 브레히트도 50년대 동독 사회주의 정권에 어쩔 수 없이 어느 정도 봉사해야 했고 '진실'에 침묵해야 했던 점을 빗대어 말하고 있다. 그런데, '썩은 사상'에 관한 말은 다른 곳이 아니라, 바로 우리 나라에도 들어맞는 것 같다. 작품 속에서 중국 황제와 지식인들은 바로 90년대 후반 전국민을 우롱하고 속이는 가운데서 경제위기(IMF) 시대를 맞았던 정권과 경제관료들을 연상시키며, 그 후의 정권에서도 경제상황은 나아진 게 별로 없으므로 마찬가지다. 또한, 학문적 노력 없이 인맥 형성과 파벌 싸움을 일삼고, 30년간 똑같은 교과목 내용을 가르치며 교육개혁은 거부한 채 국제적으로 경쟁력 없는 대학으로 만든 대학교수들은 모두 〈투란도트〉 작품 속에 있다. '썩은 지식'을 파는 지식인들 때문에 지식인을 불신하는 경향도 생겨나고 있다.

6. 한국 공연을 위한 제안

6.1. 작품의 개작 · 번안

〈투란도트〉 희곡을 국내에서 공연하기 위해서는 우선 어느 정도 개작이 필요하다. 작품 배경이 서양이 아니고 중국이기 때문에 우리에게 가깝게 느껴지는 점이 있으나, 그 속에 포함된 내용들은 독일 역사에서 1920~50년대에 걸쳐 진행된 사건들이 배경이 되고 있으므로, 이들은 독일 바깥의 관객에게 잘 이해되지 않는다. 또한, 작품의 표면적 배경이 되는 중국에서 1940년대에 일어났던 공산주의 운동도 간간이 암시되고 있으나, 오늘날 관점에서 이것 역시 불필요해 보인다. 동유럽 사회주의 체제가 몰락한 1990년대 중반 이후의 시점에서 볼 때, 작가가 희미하게나마 가졌던 '민중과 노동자의 나라' 로서 사회주의 국가에 대한 이상(理想)은 이미 그 의미를 상실했기 때문이다. 그러므로 작품 개작 내지 번안작업에서는 우선적으로 독일 현대사와 사회주의 연관성이 수정되어야 할 것이다.

이런 부분들은 등장인물에서 특히 황제와 노상강도 고거 고, 카이 호에게 집중되어 있다. 황제는 정치 · 경제에 무지한 권력형 군주로서 그의 희화된 모습이 무능과 탐욕을 더욱 돋보이게 할 수 있다. 무능하고 탐욕스러운 통치자로 등장하는 황제는 인류 역사를 통틀어 세계 어느 곳에서나 있었기에 보편성이 있다. 히틀러를 암시하는 고거 고의 경우는 군사독재를 경험한 우리 역사에서 유사성을 찾을 수 있어서 개작에서 반드시 제거할 필요는 없을 것 같다. 다만, 그의 행동과 대사가 히틀러식에서 우리 나라의 군부 독재자들의 것으로 변화되어야 할 것이다. 공산주의 운동의 상징이며, 데모대를 이끌고 있는 유령 같은 인물 카이 호(=모택동)는 대폭 수정되어야 할 것이다. 사회주의 연관 부분은 내용적으로 수정되고, 민중의 '희망' 은 다른 곳에서 찾아져야 할 것이다. 반면에, 투이(지식인)는 우리 사회에서 유사한 형태가 많이 발견되므로 변형하고 수정하여 적극적으로 수용해야 할 인물군이다.

히틀러를 상징하는 고거 고의 모습에서는 히틀러의 행동과 연관된 부분을 제거하고, 독재자의 행태로 확대하여 상상하고, 우리는 군부 독재의 지배와 그 폐해와 연관시킬 수 있다. 지난 30여 년간 군부 독재를 경험한 우리 사회에는 여전히 군사문화가 존재하고 있으며, 그 본질은 민주주의 문화와 충돌하는 것이며, 개방적이고 경쟁적인 정보·문화사회에 맞지 않을 뿐만 아니라, 오히려 우리를 억압하는 기능을 발휘하고 있다. 아직도 사회의 여러 집단에서 획일주의의 강요, 개성 말살, 수직적 서열화, 집단주의적 행동, 또한 문화에 대한 경시와 박해 등의 형태로써 군사문화는 살아있으며, 우리 모두는 거기에 의식적·무의식적으로 지배를 받는다. 그런 점에서 고거 고의 행동과 말은 이런 요소들과의 연관 속에서 우리에게도 현실성을 띨 수 있다.

그가 지식인 회의를 조소하며 "질문은 금지되어야 한다"라고 선언하면서 모든 형태의 토론과 의견 발표를 중지시켰던 말은 바로 우리 나라의 과거 군사독재 시대에 잘 들어맞는다. 합리적 사고 과정과 의사 표시, 논의를 거부하고 오로지 명령하달적인 방식의 진행은 오늘날 아직도 여러 사회 조직과 단체, 회사이건 대학이건 어느 곳에도 남아있지 않은가. 일방통행적인 사고방식은 '항상 권력자가 옳다' 식으로 토론과 회의, 학술회의와 같은 우리의 일상생활을 여전히 지배하며, 다른 의견을 제시하는 사람은 주류에 대한 야당 내지 이단자로 몰아세우는 경우가 흔히 있다.

작품에서 구체적인 실례를 들면, 제9장에서 보이는 '문화 파괴' 장면은 한국 현실에 적합하게 변형되어서 그 의미가 더 강조될 수도 있다. 획일적이고 자기들만의 주관적인 잣대에 의해 평가된 기준으로 인한 피해는 독일뿐만 아니라, 우리에게도 있었고, 한탄스럽게도 여전히 존재하고 있다. 나치는 '게르만 민족예술'이란 기준 하에서 아방가르드 예술 등의 모든 모더니즘 계통의 예술들을 핍박하고 추방했으며, 동독 사회주의는 사회주의 리얼리즘을 기준으로 여기서 어긋나는 예술들을 비판하고 평가절하했다. 제9장에서 보이는 문화재 피난과 보관 행위, 미술 평가에 대한 획일적 기준 장면이 바로 이런 것을 암시해 준다.

투이(지식인)의 행동과 대사는 우리 사회와 직접적인 연관성이 많아서 시사성을 살리고, 흥미로운 언어들로써 강화해야할 부분이다. 작품에서 독일 지식인을 암시하는 부분들은 한국 지식인들의 행태로 대체함으로써 공연은 시사성과 희극성을 함께 얻을 수 있다. 고급 관료(지식인)들은 경제에 무지한 통치자에게 아부하기 위해 '진실'을 전달하지 않고 심지어 속인다. 그런 통치자 주변에 있으면서 '공적(公的)인 임무'에 충실하지 않고, 자신의 이득만을 챙겨가는 고위 공직자와 고급 관료들 때문에 사회는 흔들리게 되고 민중들의 생활은 피폐해진다. 대학에서 논문 지도와 심사, 학술회의에서 발표와 토론은 대충이고, '어려운 질문'을 해서는 안 된다. 실상, 진지한 질문인 '어려운 질문'은 다른 학자, 특히 연구하지 않는 학자들에게는 부담이 되므로, 이것을 자신에 대한 공격 내지 도전으로 받아들인다. 또한, 토론 시간이 짧던가, 아예 없어서 발표에 대한 질문을 할 기회조차 없는 경우도 많다. 그 외에도 학문 연구와 강의라는 본질적 업무를 망각한 채 후배나 제자의 논문을 해적질하는 표절 행위도 있다.

6.2. 연출작업과 연기 · 무대미술 · 음악

연출자의 작품해석은 연출자가 〈투란도트〉 희곡의 우의성(寓意性)과 풍자성, 시사성을 어떻게 보는가에 많이 달려있다. 그것은 공연되는 나라와 시기 · 장소에 따라, 또 그가 사용하는 연극미학적 장치들에 따라 매우 차이가 날 것이다. 하지만, 연출에서의 주안점은 작품해석과 연관하여 '작품의 풍부한 연극성(theatricality)을 어떻게 적절히 살려내는가'에 있다고 필자는 본다. 즉, 연극적인 요소들을 작품의 풍자성과 해학성과 더불어 흥미로운 진행으로 만들며, 그런 연극 속에서 메시지를 관객의 생각으로 이끌수 있는 방법을 말한다. '연극적인 요소'란 연기자들의 동작, 무대장치 · 의상 · 가면의 사용과 더불어 악기의 풍부하고도 적절한 사용에 달려있다.

우선, 에피소드식 장면 구성이 되고 있는 〈투란도트〉 희곡은 심리-사실주의에 토대를 둔 서양의 전통적 드라마 기법에는 벗어나지만, 오히려 그 때문에 동양연극에서의 연기방식을 문제없이 도입할 수 있다. 즉, 가부키(歌舞伎)와 경극(京劇)에서 보이는 단절적이고 비약적인 연기방식이 〈투란도트〉 희곡의 공연에서는 문제시되지 않고 오히려 유사성이 있다. 그러니까, 배우들의 역할 묘사에 있어서는 아예 처음부터 성격화 내지 감정이입을 고려할 필요 없이 '단절적인 연기방식'이 가능하다.

시각적 · 청각적 요소 부분에 대해서는 동양풍을 살린 모스크바와 베를린 공연이 참고할 만하다. 동양적 요소들은 과거에 〈투란도트〉 소재의 작품에서 원래 존재하고 있거니와, 바크탄코프의 성공적인 모스크바 공연에서는 이국성(異國性) 효과와 소외효과가 입증되었다. 이들을 남김없이 활용했던 베를린 공연에서의 여러 아이디어들, 특히 다양한 동양악기의 사용을 진지하게 검토해볼 필요가 있다. 아마도 음악은 강화되어야 할 가장 중요한 요소일 것이다. 우선 세태를 풍자하고 상황 진행을 암시하는 기능이 있는 민요들이나, 지식인들이 장터에서 물건 팔 듯이 자기 지식을 파는 장면에서의 대사들은 상징적인 의미가 있는 노래로 만들 수 있을 것이다.(제5장

'지식인 회의' 장면, 제9장 '지식인들의 소규모 시장' 장면) 악기들은 동양 악기에서 관악기 · 현악기 · 타악기들을 다양하게 사용하면 좋을 것 같다.

하지만, 이 모든 무대 효과들에서 주의해야 할 점은 '과다한 사용'이다. 지나친 무대 효과가 주제의 전달이나, 내용과 관련된 연출자의 메시지를 흐리게 하고, 이런 주제나 메시지가 호사스러운 무대효과들 속에 파묻히는 결과가 될 수도 있기 때문이다. 무대 효과는 그 효과 자체에 목적이 있는 것이 아니라, 주제를 살리고 부각시키기 위한 수단이고 부수적인 장치이어야지, 그것만이 관객에게 남는 요소가 된다면 '목적이 딴 방향으로 간 결과'가 될 것이다.

■ 주

1) B. Brecht: *Werke 9*, p. 397.
2) W. Mittenzwei: Das Leben des Bertolt Brecht…, p. 540-2.
3) '투이 TUI'는 브레히트의 조어(造語)로서 지식인을 뜻하는 단어 InTellektUelle에서 I-T-U의 순서를 바꿔서 TUI로 재배치를 시켜 만든 단어이다.
4) J. Knopf: Brecht-Handbuch: Theater, p. 329.
5) H. Rischbieter: Brecht, Bd. II, p. 65.
6) W. Mittenzwei: Das Leben des Bertolt Brecht…, p. 548.
7) J. Willett: The Theatre of Bertolt Brecht, p. 198.
8) J. Knopf: Brecht-Handbuch: Theater, p. 342.
9) B. Brecht: Werke 9, p. 407.
10) J. Knopf: Brecht-Handbuch: Theater, p. 342 (Reisner, in: Brecht-Dialog 1973, Berlin, 1973, p. 276.)
11) 상세한 공연 보도에 대해서는 필자의 글을 참조. 이상면, 「동양풍의 브레히트, 통일 시대의 진보적 연극〈투란도트〉」, 『독일의 예술―분단에서 통일로』, 139~148면.
12) kr: Ein schwaches Stück in starker Fassung, in: Theater-Rundschau (Bonn), 2/1989.

■ 참고문헌

· 이상면, 「동양풍의 브레히트 ─ 통일시대의 진보적 연극 〈투란도트〉」, 『독일의 예술 - 분단에서 통일로』, 서울(시공사), 1996, 139-148면.

· Bertolt Brecht: Werke 9 (Turandot-Kommentar), Berlin/Weimar/Frankfurt am Main: Suhrkamp, 1992, pp. 397-416

· Jan Knopf: Brecht-Handbuch: Theater, Stuttgart: Metzler, 1980.

· kr: Ein schwaches Stück in starker Fassung, in: Theater-Rundschau (Bonn), 2/1989.

· Werner Mittenzwei: Das Leben des Bertolt Brecht oder Der Umgang mit den Welträtseln, Vol. II, Berlin/Weimar: Aufbau-Verlag, 1988 (제3판).

· Henning Rischbieter: Bertolt Brecht, Bd. II, Velber bei Hannover: dtv, 1964.

· J. L. Styan: Modern drama in theory & practice 3: Expressionism and Epic Theatre, New York etc.: Cambridge University Press, 1981.

· John Willett: The Theatre of Bertolt Brecht, London: Methuen, 1986.

투란도트
혹은 세탁부들의 회의

등장인물

중국 황제, 그의 딸 투란도트, 그의 동생 야우 엘,
황제의 모친, 총리대신, 궁정 셴삐(지식인)* 피 예이,
전쟁부 장관 장군, 셴삐 협회 회장 히 웨이,
황제대학 학장 키 레, 히웨이의 비서 누샨, 문카 두, 웬,
셴삐(지식인) 학교의 비서 왕, 구, 카 뮈, 모 시, 시 카,
아 샤 센과 그의 손자 에 페, 세탁부 수ㆍ야오,
무기 대장장이, 노상강도 고거 고, 호위병 1과 2, 그의
동생, 투란도트의 시녀 1ㆍ2, 황제 모친의 의사, 청소부,
문카 두의 어머니와 여동생 둘, 문카 두의 비서,
문카 두의 제도사, 조합 셴삐 1ㆍ2의복제작자 대표,
無衣服者 대표, 셴삐 학교의 선생들, 학생들, 서기,
셴삐 학교의 학생 시 푸, 젊은 셴삐 시 메, 젊은 셴삐
그룹의 지도자 메 네, 젊은 셴삐들, 일반 셴삐들,
경제학 셴삐, 의학 셴삐, 연애생활 셴삐, 지리학자
파우더 멜, 남루한 셴삐, 첫 번째 셴삐, 셴삐들의 고객,
뚱뚱한 손님, 형리, 행상인, 첫 번째 무기 소지자,
무기 소지자, 강도, 군인들, 식당 종업원, 헐벗은 사람들,
도시 성벽 위에 신원불명의 머리 남자들과 여자들.

*셴삐 ― 독일어에서 '투이' (Tui)의 번역어. '투이' (Tui)는 브레히트가 만들어낸 용어로서
'지식인' (InTellektUelle)을 뜻하는 단어 중에서 ITU의 순서를 바꾸어 TUI로 표기한 것이
다. 그것은 브레히트가 의도적으로 권력층에 시녀 역할을 하거나, 엉터리 지식을 팔면서
살아가는 지식인의 부정적 측면을 비꼬아서 표현한 조롱 섞인 말이다. 이런 풍자적인 뜻
을 포함하며 '지식인' 을 가리키는 우리말을 찾기가 매우 어려운데, 역자는 지식쟁이, 먹
물, 배운 놈 등을 생각해 보았으나, 마땅치 않아서 작품 배경이 20세기이므로, 옛날에 지식
인을 가리키는 말인 '선비' 에서 변형된 말인 '셴삐' 로 표기하기로 했다. 물론 공연할 때에
는 연출자에 따라서 셴삐 대신에 '먹물' 혹은 또 다른 표현을 사용할 수도 있을 것이다.

주 해[1]

무대는 신속히 전환될 수 있어야 한다. 무대에서 '뒷골목', '황궁(皇宮)의 정원'과 같은 장면들은 중간 막[2] 앞에서 공연될 수 있다. 무대장치는 가벼워야 하고, 詩的이며 사실주의적 암시들을 포함하여야 한다.

세탁부들의 회의는 회전무대에서 공연되는 것이 가장 적합한데, 로비와 의상실 장면은 매번 막 없이 무대가 돌아갈 수 있게 된다.

센삐(지식인)들은 티벳과 유럽풍의 작은 모자들로 특징 지워진다. 모자들은 각 센삐의 의미에 따라 다양해서, 다소간 화려하거나, 또한 색상에서도 다르다.

의상들은 中國式에 근거하면서 혼합될 수 있다.

빠르게 공연되어야 한다.

---

1) 브레히트 전집(Gesammelte Werke, Suhrkamp Verlag) 1967년 판에서는 『투란도트』 작품 뒤에 이 주석이 붙어 있으나, 1992년 판의 새 전집(Berliner/Frankfurter Ausgabe)에는 이 주석이 생략되어 있다. 독자들과 공연자를 위해 여기에 첨가한다.
2) 브레히트가 말하는 '중간 막'(Halbvorhang)은 무대 중간 부분에 있는 막을 말한다. 이 막이 처져도 전면 무대에서 충분히 연기가 가능하고, 이 막 뒤에서 무대전환이 이루어질 수 있다. 브레히트는 이 '중간 막'을 즐겨 사용했다.

1. 황궁(皇宮)

한 청소부(淸掃婦)가 바닥을 닦고 있다. 황제가 안으로 들어온다.

궁정 센삐와 마찬가지로 센삐 모자를 쓴 총리대신이 그를 뒤따른다.

황 제[3] 환장하겠네. 나라가 경제파탄과 부패로 망했다는 것을 들어야
하니, 좋아. 하지만, 그 때문에 두 번째 아침 파이프 담배를 생
략하다니! 이건 너무 심해! 중국 황제인 내가 그런 것을 참을
필요는 없다고 생각해.

총리대신 폐하, 심장요! 폐하의 심장 때문에 그런 것입니다!

황 제 내 심장! 나의 심장이 나쁘다면, 그것은 사람들이 나를 충분히
이해해주지 않기 때문이야. 지난 주에는 나의 경주마 200마리
가 삭감되었어, 내가 더 이상 승마를 해서는 안 된다고 하더
군. 아무 말도 안했지만….

총리대신 침묵하셨습니다!

황 제 어쨌든 침묵한 거나 마찬가지지. 오늘은 두 번째 파이프 담배

---

3) 황제의 모습에서는 독일에서 바이마르 공화국(1919~32) 시대의 마지막 수상과 제국 대통령 파
울 폰 힌덴부르크(Paul von Hindenburg)가 암시된다.

가 취소된 걸 알았어. 내 심장! 수입은 줄고! 그때 나는 비단 독점과 면화 독점 사이에서 선택을 해야 했다. 나는 비단 쪽을 기꺼이 받아들였지. 그러나 사람들은 면화 쪽을 충고했어. 면제품(綿製品)을 입고 다니는 사람은 한 명도 못 보았거든. 모두들 비단을 입고 다니던데. 어쨌든 좋아, 나는 백성들이 면옷을 입고 다닌다고 생각했을 테고, 그렇지, 나는 백성 생각을 한 거야. 그런데 이제 나는 지불 능력이 없잖아! (안으로 들어온 그의 동생 야우 엘에게) 야우 엘, 퇴임하련다.[4]

야우 엘 이번에는 또 왜?

궁정 센삐 中國에 황제가 없다니!

총리대신 그것은 생각할 수도 없는 일입니다! 그러면 회계 감사를 받게 됩니다!

황 제 그럼 아침 파이프를 없애면 안되지, 나의 가치를 인정한다면 말이야.

청소부 (궁정 센삐와 쉿 소리를 내고서) 황제님, 우리로부터 떠나가시면 안 됩니다. (궁정 센삐의 윙크에 따라 무릎을 꿇으며) 평민 출신의 무식한 여자로서 황제의 짐을 계속 짊어지시기를 무릎 꿇으며 부탁드립니다.

황 제 감동적이지만, 친애하는 부인, 그렇게 할 수가 없구려. 나는

---

4) 황제가 입버릇처럼 반복하는 이 말은 바이마르 공화국 시대 마지막 수상의 행동이 표현되고 있다.

황제직을 더 이상 수행할 수가 없어요. (야우 엘에게) 죄는 너한테 있는 거야, 반박하지마. 그 당시 네게 독점이 넘어가는 걸 허락하지 말았어야 했는데….

총리대신 (청소부를 쳐다보며) 폐하께서는 아무도 주장할 수 없도록 독점을 엄격하게 금지시키셨습니다….

궁정 센삐 … 폐하께서는 장사와 관계가 있으셨을 텐데요.

황 제 그래! 그럼으로써 어느 정도 돈을 벌어들일 수 있었지. 그런데 내가 돈을 벌었다구? 나는 최종 결산을 요구한다.

야우 엘 (화가 나서) 그걸로 충분합니다. (그는 청소부를 앞으로 와락 잡아당기며) 당신 머릿수건은 얼마 주고 샀는가?

청소부 10원입니다.

야우 엘 언제? 그건 언제 샀지?

청소부 3년 전입니다.

야우 엘 (황제에게) 그런데 지금 이게 얼마 하는지 아십니까? 4원입니다.

황 제 (머릿수건을 만져보며, 흥미있게) 이건 면(綿)인가?

총리대신 면입니다, 폐하.

황 제 (언짢아져서) 이젠 왜 그렇게 싸게 팔지?

총리대신 폐하께서는 이제 이런 것을 아셔야 합니다. 지난 해는 중국 역사에서 가장 결실이 많은 해 중의 하나였습니다. 수확이….

황 제 수확이 어떻게 되었다고? 날씨가 나빴던가?

총리대신 날씨가 좋았습니다!

황 제 농부들이 아주 게을렀던가?

총리대신 그들은 부지런했습니다!

황 제 그러면 대체 수확이 무슨 문제란 말인가?

총리대신 그게 엄청나게 많습니다! 이건 불행입니다! 누구나 수확이 많기 때문에, 어떤 것도 가치가 없습니다!

황 제 그럼 당신은 내가 솜을 너무 많이 갖고 있어서 합당한 가격을 받지 못한다는 것을 말하려는 것이오? 그러면 솜을 제발 없애 버리시오!

총리대신 하지만 폐하, 여론이 있사옵니다!

황 제 뭐라고? 당신은 센삐 모자를 쓰고 있으면서 여론을 두려워한다는 말을 해서 나를 속이려고 해? 그러면 당신은 나의 퇴임 문서를 준비하시오! (퇴장)

총리대신 아이구, 맙소사!

황 제 (다시 한 번 되돌아서) 그리고 나의 체면을 손상시키는 짓은 다시 하지 말아 주시오. (퇴장)

총리대신 목욕을 하라, 하지만 몸이 물에 젖게 하지는 말라! 여러분, 저는 이 나라 최고의 센삐 학교에서 공부했고, 센삐 문헌들을 섭렵하며, 중국을 구할 수 있는 모든 방법들에 관해 30년 전부터 유능한 센삐들과 논의해왔습니다. 여러분, 방법이 없군요.

황가와 근위병들, 베를린 제작극단 공연 1989~90

황제 모친 (작은 쟁반을 나르며 안으로 들어온다) 여기 멋진 작은 잔에 차(茶)를 가져왔다. 내 아들은 어디 있느냐?

야우 엘 나가 버렸습니다. 사람들이 어머니를 다시…. (황제의 모친은 문 쪽으로 걸어간다) 끔찍해, 이 의사들은 어머니가 항상 빠져나가게 하는군! 차 속에는 분명 또다시 독을 넣었는데.

궁정 센삐 의사들은 자기들이 대체로 매우 이성적이라고 속고 있어.

야우 엘 (한숨을 쉬며) 물론 그들을 가끔 이해는 하지.

황제 모친 (되돌아와서 야우 엘에게) 조금이라도 마셔라.

야우 엘 맙소사, 어머니는 힘든 사람이야.

황가, 이태리 살레르노 아테네오 극단(La Campagnia dell' Ateneo di Salerno) 공연, 2009

황제의 모친은 실망해서 문 쪽으로 간다.

의사 한 명이 안으로 뛰어 들어온다.

의 사   마마, 그 찻잔을 제발 제게 주십시오.

그는 찻잔을 황제의 모친에게서 뺏어간다. 두 사람 모두 퇴장.

총리대신   앞으로 2년 더 중국을 지켜보겠다.

2. 센뻬 찻집

작은 책상들 위에 센뻬들이 앉아서 책을 읽고 서양 장기를 두고 있다. 고객들, 특히 지방에서 온 고객들이 다음과 같은 간판 문구들을 읽는다. '여기서 의견이 수정된다. 그 다음에 새 것으로 된다,' '3원 짜리 짧은 설명둘,' '변론의 왕이라 불리는 모 시,' '당신은 흥정하고- 나는 주장을 제공한다,' '왜 당신은 무죄인가? 누 샨이 여러분에게 그것을 말해준다,' '하고 싶은 것을 하시오. 그러나 그것을 품위있게 서술하시오.'

모 시 나는 오늘 또 어려운 문장을 하나 만들어야 하니, 서둘러야 한다. 시립은행의 회계 직원이 문제야. 물가 상승이죠.

카 뮈 나는 오늘 문장을 만들지 않아. 나는 어제 무조성(無調聲) 음악에 대한 견해를 장기(腸器) 매매상에게 팔았지.

모 시 찬성 혹은 반대로?

카 뮈 반대지. 나는 기성의 의견은 팔지 않소, 누구에게나 해당되는의견들 말이야. 나는 오로지 모범적 의견만을 판매하오. 나의고객들은 다른 사람들이 이미 말한 적이 있는 의견을 말하는것을 원치 않지. 하지만 평범한 사람을 위한 당신의 의견들은 물론 잘 나가겠지요, 시카?

시 카 그럼요, 나는 할부제를 도입했어요. 그걸 어떻게 했는지 아세
요? 어떤 손님의 부인이 반죽통 하나를 꼭 갖고 싶어했는데,
그녀의 남편은 어떤 변명과 관련해 나와 상담을 했지요. 그의
부인이 반죽통을 할부로 얻는다고 남편에게 말했더니, 그는
내게 변명도 할부로 얻을 수 있는지를 물어보더군요. 그렇지
않으면 반죽통은 더 쌌을 텐데요. 정말로 어려운 시기입니다.
그건 또 무엇이죠?

종업원 한 명이 간판 하나를 들고 온다. '남루한 옷을 입은 손님들은 경찰
서 규정에 따라 더 이상 손님 대접을 받지 못한다.' 남루한 차림의 남자
한 명이 당당하게 술집을 떠난다. 신음 소리.

한 센삐 이런 옷 값으로는!

다른 센삐 보통 사람들은 곧 어떤 의견 대금도 지불할 수 없을 거야! (차
분한 목소리로) 카이 호[5] 만세.

웃음 소리.

한 센삐 여기서 정치 얘기는 하지 맙시다.

---

5) 카이 호는 중국 공산주의 운동의 지도자 모택동의 특성을 지닌다.

다른 센삐   하지만 그러면 여기서 찻값 얘기도 하지 맙시다.

첫 번째 센삐   당신은 선동가 카이 호 씨가 저명한 센삐들도 이룩하지 못한 것, 그러니까 중국을 살 만한 나라로 만들 수 있다고 한 말을 믿습니까?

다른 센삐   예.

폭소.

뚱뚱한 여자 손님   외도 한 건에 대한 짧은 변명은 얼마 받으시죠?

모 시   4원까지요, 그것이 아니라….

뚱뚱한 여자 손님은 모 시 옆에 앉는다. 투란도트가 궁정 센삐와 함께 들어온다.
아무도 그녀를 알아보지 못한다.

투란도트   그러니까 여기가 가장 유명한 센삐 찻집들 중의 하나란 말이지!

궁정 센삐   가장 천박한 곳이죠, 공주마마. 정의에 대해 말하며 책을 쓰고, 젊은이들을 교육하는, 간단히 말해 연단과 성직, 교수직을 갖고서 자신들의 이상에 따라 인류를 이끄는 훌륭한 센삐들은 여기에 출입하지 않습니다. 하지만 여기 이류급 센삐들도 나름대로 다양한 장사를 하면서 민중들에게 정신적으로 도움을 주려고 노력합니다.

투란도트   그들이 무엇을 해야 하는지를 말해주면서요?

궁정 센삐   그들이 말해야 하는 것보다 더 말하고 있죠.

   투란도트는 누산 곁에 앉는다.

투란도트   (느긋하게) 나는 왜 깨끗한가요?

누 산   어느 분야에서요? 아, 그렇죠. (큰 소리로 웃으며) 10원입니다. (그는 10원을 받는다) 숙녀분, 댁이 깨끗한 이유를 제가 모른다고 해도, 댁이 언제든지 자기가 깨끗한 것을 주장할 수 있다고 고백하신다면, 제게 10원을 돌려달라고 요청하십시오.

투란도트   (느긋하게) 저는 관능적인 사람이에요. 피, 나를 뜨겁게 자극하는 것을 말해줘요.

궁정 센삐   여기서요?

투란도트   꼭.

궁정 센삐   여기서 거론되고 있는 분은 어쨌든 정신적인 특성들에 거역하지 못합니다. 어떤 문장들이 이 분을 자극합니다.

투란도트   육체적이야.

궁정 센삐   새로운 체위가….

투란도트   … 문제의….

궁정 센삐 … 한 남자에게 이 분을 완전하게 만들어준다.

투란도트 性的으로, 본능적으로 말하세요!

궁정 센삐 빛나는 눈동자, 의미심장한 손짓을 쳐다볼 때에는 피가 그녀
의 가슴까지 솟구칩니다, 또 잘 빠진….

투란도트 … 문장의.

종업원 (찻집을 가로질러 가며 외친다) 라 메 백화점에서 일할 세탁부를 찾
습니다!

세 명의 센삐가 급히 뒤로 서둘러 간다.

한 센삐 (옆 책상에서) 여기서 풀기 어려운 문제는 딱 하나 있지, 누가 찻
값을 내나?

한 명의 근위병을 동반하고 고거 고[6]가 안으로 들어온다.
근위병은 문 앞에 서 있다.

투란도트 저 멋진 남자는 누구죠?

궁정 센삐 고거 고라는 악명 높은 노상강도입니다.

누 샨 크게 말하지 마십시오, 선생님. 그는 자칭 센삐입니다. 물론,
가장 하급 단계의 시험에서도 이미 두 번 낙방했지만…. 들은

---

6) 고거 고는 히틀러의 특징들을 지니고 있다.

바에 의하면, 그는 계속 공부한답니다.

고거 고 ('3원짜리 짧은 문장'의 센삐 곁에 앉으며) 여기 3원이 있소, 잘 들으
시오. 나는 공부를 위해 돈을 내놓았소.

센삐 웬 당신은 시험에 결코 합격하지 못할 거요.

고거 고 당신의 혓바닥을 조심하시오. 어쨌든 나는 학교를 그만 두었
소, 그건 쓸모 없어. 말하자면, 나는 돈이 필요하오.

투란도트 노상강도인 저 사람은 무엇 때문에 센삐가 되려고 하지요?

누 샨 그는 센삐가 되기 위해 노상강도가 되었을 뿐입니다.

투란도트 그는 단번에 내 시선을 끌었어.

고거 고 첫 번째 시험을 위해 나는 회사의 금고에서 돈을 꺼냈소.

웬 (지루해하며) 대출했지.

고거 고 대출했다. 두 번째 시험을 위한 돈은 회사의 군수품 속에 있는
자동권총을 전당포에 맡기고 갔기 때문에 가져와서야만 마련
할 수 있었소.

웬 소제하기 위해 가져갔다고요. 더 필요한 것이 있다면, 새로 지
불하시오.

고거 고는 동전을 찾으려고 호주머니를 뒤진다.

투란도트 센삐로 사는 것보다 노상강도로 사는 것이 더 쉬운가요?

누 샨 그 차이는 그다지 크지 않습니다. 하지만 그는 사실상 노상 강

도짓으로 먹고살지 않습니다. 더구나 물가 상승이 시작된 이래로는 더욱더 아니죠. 그는 자기 패거리들과 함께 도시 외곽에서 세탁소들을 보호해 주는 대가로 먹고 삽니다.

투란도트 무엇에 대해 보호를?

누 샨 습격에 대해서죠.

투란도트 누구를 동원해서?

누 샨 자기 패거리를 동원합니다. 돈을 지불하면, 습격도 없다는 것을 이해하시겠죠.

궁정 셴삐 (냉소적으로) 저 자는 마치 국가처럼 행세하는군. 세금을 내면, 경찰의 습격을 안 받잖아.

투란도트 (반해서) 피! 공공연한 장소인 찻집에서는 안돼요! 모두 이쪽을 볼 거예요!

고거 고 3원이요. 문장 하나만 더 필요하오. 그걸 부하들에게 어떻게 말해야겠소?

누 샨 (호위병을 가리키면서) 저기 저 자같은 사람들 말이요? 몇 가지 생각 좀 해 보아야죠.

흰 수염이 누 샨의 책상 앞에까지 따라간다.

구 (찻집 전체를 향해) 전례 없는 경우입니다! 이분은 사천성(四川省)에서 오셨습니다. 그는 작은 리어카에 솜을 싣고 두 달 동안

돌아다녔습니다. 오늘 아침 그가 솜을 팔려고 했을 때, 세 손가락 시장에서 솜을 압수당했습니다.

여기저기서 항의의 소리들.

웬 우리 동네에는 솜이 바닥나서 목도리 하나에 50원 합니다!

다른 센삐 어제 방직공장이 문을 닫았습니다. 솜이 없기 때문이죠. 의복 제작자조합[7]은 정부가 솜이 어디 있는지를 밝히지 않는다면, 데모를 하겠다고 협박합니다.

웬 북경에서 사람들은 누더기를 입고 다니기 시작합니다.

구 실례합니다. (흰 수염 난 남자와 함께 앉고, 그 뒤에 소년이 서 있다) 어떤 일로 북경에 오셨습니까?

센 제 이름은 센입니다. 얘는 에 페이고. 저는 공부 때문에 왔습니다.

구 이 젊은 양반이 공부하십니까?

센 제가 공부를 합니다. 이 아이는 아직 시간이 많습니다. 그는 우선 짚신장이가 되려고 합니다. 그러나 선생님, 저도 충분히 성숙하다고 스스로 느낍니다. 저는 센삐라고 불리는 훌륭한 형제관계에 저도 들어가는 것을 50년간 꿈꾸어 왔습니다. 왜냐하면 그들의 거창한 생각에 따라 국가의 모든 일이 돌아가

---

7) 이들은 바이마르 공화국 당시의 온건한 사회주의 당(黨), 사회민주당(SPD)을 암시한다.

기 때문입니다, 그들은 인류를 이끌고 있습니다.

구   그렇습니다. 그러면 댁은 솜 수익금으로….

센   센삐 학교를 다닐려고 합니다.

구   (일어나면서) 여러분! 저는 국가기관으로부터 솜을 몰수당한 여기 이 노인께서 솜 수익금으로 센삐 학교를 다니려고 했다는 것을 이제 막 알게 되었습니다! 그는 학업에 목말라하고, 국가는 그에게서 도둑질을 합니다! 저는 여기 계신 분들이 여러분의 미래 동료 사건을 여러분의 것으로 만드시기를 제안합니다.

누 샨   소용없어요! 솜과 관련된 모든 건 황제가 결정합니다.

투란도트는 궁정 센삐의 표시에 따라 일어나서 그와 함께 퇴장한다.

한 센삐 황제가 아니다! 황제의 동생이지!

웃음.

누 샨   노인장, 공부해서 얻는 게 아무 것도 없을 겁니다.

궁정 센삐와 문 입구에서 무엇인가 속삭였던 종업원이 센의 책상 앞으로 와서 그의 귀에 무엇인가 말해준다.

구   여러분, 좀 특별한 일이 일어났습니다. 익명을 요구하는 어떤

(左上)지식인과 황가, 이태리 살레르노 아테네오 극단 공연, 2009

여자 은인께서 센씨에게 방금 그의 솜값에 해당될 만큼의 돈
을 전달하도록 하셨습니다. 우리들의 위대한 조직에 입문하는
센씨의 이런 기대치 않던 행운을 축하해줍시다!

몇몇 센삐들이 센을 둘러싸고 그를 축하해준다.

고거 고   이제 자네는 충분히 오랫동안 생각했겠지. 내가 회사에 가서
　　　　　무슨 말을 하지?

웬   (두 번째 받은 3원을 그에게 되돌려주며) 모르겠는데요.

3. 황궁(皇宮)

황제는 자신의 두 번째 아침 파이프에 담배를 채워 넣는다.

투란도트가 궁정 셴삐와 같이 들어온다.

투란도트　(치마를 걷어 올려서 아버지에게 면제품 바지를 보이며) 이 바지 어때요? 면이죠. 피는 이게 살갗을 긁는다고 말하던데요. 맞아요, 하지만 면은 이제 어디서나 매우 귀한 것이고 비싸지만, 민중적이에요. 왜 아무 말도 안 하세요? 어떤 묘안을 갖고 계시면, 소녀는 그때처럼 아무 말도 않겠어요, 아바마마에게 소금세 안이 떠올랐을 때, 아바마마는 사흘 동안 기분이 언짢으셨죠.

황　제　그래, 솜값이 이제 정말 꽤 올랐다고 하더라. 붓을 들어 네가 원하는 것을 써보렴. 요즘 나의 재정 상황이 허락컨대, 이제 나는 네가 네 마음에 드는 배우자를 선택할 수 있다는 것을 네게 전달한다. 우리는 몽고 조정에 최종적으로 청혼 사절(謝絶) 편지를 쓸 수 있구나.[8] 내가 네게 신랑감을 강요하는 것은 한 번도

---

8) 「千日夜話」의 '투란도트 공주' 이야기에서는 왕이 처음에 딸을 아시아의 고급 귀족에게 시집 보내려고 했으나, 투란도트 공주의 완강한 반대로 무산되었다는 내용이 있다.

감히 해본 적이 없다, 결코. 다급한 경우라면 모를까.

멀어진 행진 음악.

투란도트　저는 결혼하면, 센삐와 할래요.

황 제　너 정말 돌았구나.

투란도트　(기뻐하며) 그렇게 생각하세요? 누군가 좀 재치있는 말을 하면, 나는 완전히 사로잡혀요.

황 제　분별없이 굴지 말아라. 이른 아침부터. 네가 센삐에게 가버리는 것을 결코 용납하지 않을 테다. 결코.

투란도트　할머니도 우리끼리 얘기할 때는 무례하십니다. 할머니가 처음에 얘기하시기를….

황 제　그리고 네가 할머님에 대해 그렇게 말하는 것도 용납 못한다. 황모(皇母)는 위대한 애국자이시다, 그건 이미 독본에 쓰여져 있다. 도무지 너는 너무 어려서 생각할 줄 모르는구나.

투란도트　피, 내가 너무 어려요? "그게 따끔따끔 하네!"

황 제　이게 대체 무슨 음악 소리냐?

궁정 센삐　의복제작자조합의 시위 소리입니다, 폐하.

투란도트　그때문에 내가 대국에서 사는 거야. 피와 같이 데모 구경가야지. 서두를 필요는 없어, 데모는 8시간 내지 10시간 정도 걸리니까.

황 제   어째서 8시간 내지 10시간이지?

투란도트   모두 다 지나갈 때까지!

총리대신이 삐라 한 장을 들고 들어온다.

총리대신   황송하오나, 라 메 백화점 앞에서 발견된 이 삐라를 보아 주셨
으면 합니다. 참으로 언짢은 내용을 담고 있습니다. (읽는다)
"중국의 솜은 어디 있는가? 중국의 아들들이 벌거벗고 그들의
굶어죽은 부모들의 장례식에 가야 하는가? 초대 만주⁹⁾ 황제는
기껏 군인 외투 한 벌에 들어갈 솜 정도만 소유했다. 마지막
황제는 얼마큼을 소유하고 있는가?" – 이 글 나부랭이의 스타
일로 보아 카이 호가 쓴 게 분명합니다.

황 제   그 놈의 빌어먹을 센삐!

궁정 센삐   아닙니다! 폐하, 저희 모두를 채찍질해주십시오, 하지만 그 더
러운 인간을 센삐라고 부르지 마십시오! 오직 인간 쓰레기들
하고나 어울리는 칠칠맞은 선동가입니다! 쳐다보지 마십시오,
저는 …. (그는 식은 땀을 닦는다)

황 제   (그 다음 동안 멀어진 음악에 귀 기울이며) 그 자는 진지하게 생각되
지 않는구려.

총리대신   폐하, 이 인간은 湖南과 湖北地方에서 2000만 명을 모아 선동하

---

9) 1644~1911년 사이 중국을 지배했던 淸朝를 가리킴.

고 있습니다. 황공하옵게도 그 자를 진지하게 생각하십시오.

투란도트 이건 무슨 외투이죠?

궁정 센삐 그건 농부였던 초대 만주 황제의 면제품 군복 외투입니다. 그것은 만주에서 오래된 작은 사찰 안에 걸려있고, 그 외투가 자기 밧줄에 걸려있는 한, 백성은 황제에게 매달린다는 말이 백성 사이에서 떠돌고 있습니다. 광동에서 공부한 카이 호는 거리낌없이 이런 미신을 이용해먹고 있습니다.

총리대신 그는 수백만 명과 함께 있습니다.

투란도트 (노래한다)
그가 아직도 그렇게 뚱뚱하다면
언젠가 밧줄이 끊어지지.
그렇다고 물론 모든 밧줄이
동시에 끊어지는 건 아니지.

황　제 이럴 수가 – 그런 폭로의 결과가 무엇이란 말이오?

총리대신 새로운 사건입니다! 200만 명의 회원이 있는 의복제작자조합이 1400만 명 회원이 있는 無衣服者조합[10]과 함께 행동할 것입니다. 왜냐하면 의복제작자들은 의복 제작에 필요한 솜이 더 이상 없고, 자기들이 입을 옷도 더 이상 없기 때문입니다. "황제가 솜을 갖고 있다!"라고 소리칠 것이고, 모든 백성이 카이 호 주변에 몰려들 것입니다.

---

10) 바이마르 공화국 시대에 과격한 공산주의 당(KPD)을 암시함.

야우 엘 들어온다.

야우 엘 (아무 것도 모르는 상태에서) 안녕하십니까. 아침 파이프 담배 맛이
좋습니까?

황 제 (소리치며) 아니! 솜은 어디 있지?

야우 엘 솜?

황 제 (삐라를 코 밑에 들이대며) 내가 이렇게 혐의를 받고 욕먹고 있으
니, 어떻게 하면 좋단 말야? 난 물러난다. 당장 모든 것이 해명
되지 않는다면, 당장 해명이 뒤따르지 않으면, 단연코 물러나
겠다.

총리대신 그 카이 호가 모든 것을 밝혀냈습니다.

황 제 혼란! 무관심! 어리석음!

야우 엘 여러분들, 부탁건대 저의 형님과 단 둘이 있게 해주십시오.

황 제 (투란도트 외에 모두들 바깥으로 나가는 동안에) 죄를 진 자들은 엄중
하게 처벌되기를 요청한다. '엄중하게' 라고 강조한다.

투란도트 옳아요, 아바마마.

야우 엘 소리치지 말아라, 사람들이 바깥에 있다.

투란도트 (진지하게 붓글씨를 쓰면서) 그건 옳아요, 아바마마. 이제 교양있게
행동하세요.

황 제 솜은 어디 있느냐?

야우 엘 형님이 사람들 앞에서 소리친 이유를 알겠네, 하지만 형님은

이제 그만 소리치셔야 합니다.

황 제   (더 크게 소리치며) 솜 어디 있어?

투란도트   그래, 솜은 대체 어디 있어요?

야우 엘   그건 형님도 아시잖습니까. 형님의 창고 안에 있지요.

황 제   뭐라고? 네가 감히 그걸 내게 말해? 너를 체포하도록 하겠다!

투란도트   맞아, 제발 그렇게 해요!

야우 엘   형님도 동의하셨는데, 그렇지 않아요?

황 제   보초를 부를까?

야우 엘   그러면 우리는 솜을 광장에다가 던져버리겠어요.

사이.

황 제   그럼 나는 물러나겠다.

야우 엘   (큰소리로) 그럼 물러나고 교수형 당하시오!

사이.

야우 엘   센뻬 회의를 소집하세요. 그들이 형님의 혐의를 세탁해주면, 형님에게 값어치 나가는 것이 아닌 걸로 그들에게 약속해주시고. 형님은 무엇 때문에 20만 명의 세탁부들을 데리고 있는 겁니까? 무엇을 위해 15,000개 학교를 지원하세요?

투란도트　센삐 대회라! 그것 참 재미있겠네!

황　제　센삐들! 나만큼 그들을 인정하는 사람도 없지. 그들은 자기들
이 할 수 있는 것은 감당하지만, 그렇다고 모든 것을 할 수는
없어. 그들이 무슨 말을 할까? 더구나 의복제작자조합은 모든
사실을 알 텐데.

총리대신　(안으로 들어오며) 폐하, 의복제작자조합의 대표단이 – 그리고 유
감스럽게도 無衣服者조합의 대표단도 있습니다.

황　제　뭐야, 그들이 벌써 같이 온다고? 이젠 센삐 회의도 소용없네.

투란도트　그건 아바마마에게 제때에 열리고 있는 거예요.

야우 엘　형은 어쩔 수 없이 솜을 내놓아야 해.

투란도트　(여전히 붓글씨를 쓰면서) 그것은 아바마마에게 제때에 열리고 있
는 거예요, 왜냐하면 아바마마는 지적인 사람이 아니니까.

의복제작자 대표와 無衣服者 대표가 안으로 들어온다.
센삐 두 명이 그들 뒤를 따라온다.

황　제　(퉁명스럽게) 무슨 일인가?

조합 센삐 1 (다른 대표가 말하기 전에) 폐하! 고전 이론가 카 - 메[11]의 확증에 따
르면 민중이 서로 합하는 경우 민중의 힘에 대항할 수 있는 것
은 아무 것도 없습니다. 폐하, 솜의 행방에 관한 문제는 제가

---

11) 카-메는 칼 마르크스(Karl Marx)의 특성을 지닌다.

대변하는 의복제작자조합과 저의 유능한 동료가 대변하는 無
衣服者조합이 합의에 도달할 수 있는 문제인 것 같습니다.

조합 센삐 2 그러나, 이 사람이 주장하듯이 위에서부터 밑으로가 아니라,
밑에서부터 위로입니다!

조합 센삐 1 좋소, 밑에서부터 위로. 우리 조직에서 지도부는 밑에서 선출
되기 때문에…. (조합 센삐 2가 웃는다) 자유는 완벽한 자유 속에
서만 획득될 수 있습니다. (그는 자기 가방에서 책 한 권을 꺼낸다. 투
란도트는 박수를 친다) 카 – 메!

조합 센삐 2 인용을 그만 두시오! 군대가 완벽한 자유 속에서 전쟁을 이길
수 있다는 것을 어디서 들은 적이 있단 말이오! (투란도트는 박수
친다) 언제부터 규율이 구속입니까? (역시 책 한 권을 꺼낸다) 카 –
메에 무어라고 쓰여있습니까?

조합 센삐 1 투쟁! 또 무력! 당신들의 카이 호가 당신을 통해 말하고 있군!

조합 센삐 2 그리고 당신들에게서는 계약 체결자인 이 조합의 배반적인 지
도자가 준 돈이 말을 하고 있고….

조합 센삐 1 내가 돈을 받았다고 생각하시오?

조합 센삐 2 그것도 배반자들로부터!

조합 센삐 1과 함께 들어온 의복제작자 대표가 조합 센삐 2의 따귀를 때린다.
조합 센삐 2는 놀라서 주춤하고 나서 카-메 책으로 조합 센삐 1을 냅다
친다. 조합 센삐 1은 자신의 카 – 메 책으로 센삐 2를 한 대 치며 반격을

가하고, 無衣服者 대표는 분노하여 의복제작자 대표의 따귀를 때린다. 모두 소란에 말려든다.

투란도트　(거칠게 숨을 쉬며) 발로 차! ― 한 대 때리고! ― 이젠 이마에!

황　제　그만 끝! (싸움이 끝난다. 조합 센삐 1은 바닥에 쓰러진다) 여러분들의 명료한 설명에 감사드리며 여러분의 주장에, 특히 마지막 것에 동의합니다. 또한 나는 궁전 앞에서 연주된 음악에 감동되고 있습니다. 표면적으로는 솜의 품귀가 문제인 것 같소. 여러분들 사이에서는 물론 어떤 합의가 목표는 아니므로, 이런 것을 제안합니다 ― (황제의 모친이 중국 과자를 담은 접시를 들고 안으로 들어와서 그의 아들에게 권한다. 황제는 계속 말하면서 그것을 거절한다) "솜은 어디에 있느냐?"라는 질문이 제국의 가장 똑똑하고 학식 있는 사람들에 의해 결정되고 해명되어야 합니다. 그래서 나는 차제에 중국의 솜이 어디로 갔는지를 백성에게 만족스럽게 설명할 수 있는 비상 센삐회의를 소집합니다. ― 아, 어머니, 제발 그만요! 안녕하십니까?

의식을 잃은 센삐만 제외하고 대표단은 어지럽게 인사하고, 의식 잃은 센삐를 끌고서 모두 물러간다.

황　제　내가 지나쳤는가?

총리대신　폐하는 경탄할 정도였습니다.

황　제　나는 이 훌륭한 사람들에게는 센삐 회의로 충분하다고 생각하
　　　　네. 그들은 자기들끼리 의견이 일치하는 적이 한 번도 없어.

투란도트　이번에는 사람들이 아바마마한테서 무엇을 원하는지 모르겠
　　　　어. 나는 어쨌든 면이 아주 조금 있을 뿐이야. (황제는 그녀가 그
　　　　것을 보여주려는 것을 저지한다)

총리대신　폐하께서는 국민들에게 솜의 행방을 설명해줄 수 있는 폐하의
　　　　센삐들에 대한 보수를 이미 생각하셨습니까?

황　제　아니오, 나의 재정 상태는 여전히 넉넉하지 않소. ‒ 놔두세요,
　　　　어머니, 담배를 필 때에는 케이크를 먹지 않아요.

총리대신　폐하, 폐하께 가까이 접근하지 않고서 이 문제를 풀려는 것은
　　　　중국에서 가장 영리한 사람만이 할 수 있습니다. 폐하께서는
　　　　무엇을 약속하시겠습니까?

투란도트　(기쁘게 울부짖으며) 후후후후후! 나를!

황　제　너라고, 그게 무엇이냐? 하지만 나는 나의 피붙이를 값싸게 팔
　　　　지는 않겠다.

투란도트　왜 안되요? 여러분은 가장 똑똑한 인재를 찾으시고, 소녀는 그
　　　　와 결혼하죠.

황　제　절대 안된다. (귀를 기울이며) 그런데 그 행렬이 매우 길단 말야.

3a 만주의 고사찰(古寺刹)

반쯤 허물어진 원형정원 안에는 천정에서 내려온 두꺼운 밧줄에 낡고 꿰
맨 외투 한 벌이 걸려있다. 그 앞에 황제 가족과 총리대신, 전쟁부 장관,
고위 센삐들이 서 있다.

황 제   사랑하는 투란도트야, 여기 이건 존경할 만한 외투이다. 조상님
이 전쟁터에서 이것을 입고 다니셨고, 총알이 외투를 뚫고 지
나가면, 곤궁했기에 그분은 여기저기를 꿰매었다. 대관식 때에
모든 황제는 이 외투를 걸쳤는데, 유명한 예언이 이 외투에 붙
어있기 때문이다. 내 생각에 황제에 대한 백성의 신뢰는 절대
로 필요한 것이니, 오직 내가 들은 바대로, 너희들은 모든 아래
사람들과 유사한 군인들에 대해서만 생각하면 된다. 그래서 나
는 나의 센삐들 가운데서 백성의 신뢰를 황제의 아버지 같은
배려로 보존시킬 줄 아는 자에게 외동딸을 선사하기로 결정했
다. (찬성하는 놀라움의 아, 오. **투란도트는 머리 굽혀 인사한다**) 그리고
나는 옛 관습을 중요시 존중하기 때문에, 또한 내가 강조하고
싶기 때문에, 결혼 축하연 전에 이 오래된 외투를 미래 사위의
어깨에 걸쳐주기를 명령한다. 국가 의식 끝.

4. 센삐 학교

장면 전환 이전에 관객은 보도자의 전달을 듣는다. "특별 공고. 황제는 솜
의 행방을 해명하는 센삐에게 투란도트 공주와의 혼약을 약속함." 센삐
학교는 대단히 분주해진다. 모든 것이 혼란스럽게 된다. 서기는 공고문을
가져온다. "황제의 미래 사위는 센삐." 센삐 모자를 쓴 선생 한 명이 수업
을 진행하고 있다.

선 생   시 푸, 철학의 주요 문제들을 말해보시오.
시 푸   사물들은 우리 외부에, 스스로를 위해, 우리와 상관없이 존재
       한다, 혹은 사물들은 우리 내부에, 우리를 위해, 우리와 상관
       없지는 않게 존재한다.[12]
선 생   어떤 의견이 옳은 것입니까?
시 푸   결정이 내려지지 않았습니다.
선 생   우리 철학자들의 다수는 어느 의견으로 기울어졌습니까?
시 푸   사물들은 우리 외부에, 스스로를 위해, 우리와 상관없이 존재
       합니다.

_____

12) 독일 관념론 철학자 칸트(Kant)의 인식론적 명제들을 암시한다.

선 생   왜 질문이 해결되지 않은 채로 남아있습니까?

시 푸   결정을 내려야 할 학회는 200년 전부터 황하강 기슭에 있는 미
        상 사찰에서 열렸습니다. 질문은 이렇습니다 – 황하강은 실제
        로 존재합니까, 혹은 오직 머릿속에서만 존재합니까? 하지만
        학회 동안 산에서 눈이 녹아, 황하강은 강변 위로 넘쳐서 모든
        학회 참가자들과 더불어 미 상 사찰이 홍수에 휩쓸려 갔습니
        다. 그래서 사물은 우리 외부에, 스스로를 위해, 우리와 상관
        없이 존재한다는 것을 아무도 증명할 수 없었습니다.

선 생   좋습니다. 수업 시간이 끝났습니다. 오늘 가장 중요한 소식이
        무엇입니까?

수강생   센삐 회의입니다.

        *선생은 수강생들과 함께 퇴장. 센삐 구와 흰 수염 난 센이 조카에 이끌려
        들어온다.*

센   하지만 황하는 실제로 존재합니다!

구   예, 그렇게 말씀하시는군요, 그렇지만 그것을 증명해 보세요!

센   나는 여기서 무엇인가 증명하는 것을 배우는 것입니까?

구   그것은 당신에게 달려있습니다. 나는 어쨌거나 당신이 왜 공
        부하려고 하는지를 아직 당신에게 물어보지 않았습니다.

센   생각하는 것은 즐거움입니다. 사람들은 즐거운 일도 물론 배

워야합니다. 그러나 아마도 나는 그것이 대단히 유익하다고
말해야겠지요.

구 음. 우선 주변을 둘러보고 이젠 등록을 하고, 학비를 내시오.
여기서는 말하는 법을 가르칩니다.

젊은 남자 시 메가 이 곳의 선생인 누 샨과 같이 와서 작은 연단에 올라간
다. 누 샨은 벽에 기대어 서고 밧줄 끈을 설치해서, 말하는 자의 눈 앞에서
빵바구니가 올라가고 내려갈 수 있게 만든다.[13]

누 샨 주제는 "왜 카이 호는 옳지 않은가?"이다. 내가 빵바구니를 위
로 올리면, 네가 무엇인가 잘못 말하고 있는 거야, 자 시작!

시 메 카이 호는 인간들을 똑똑하고, 덜 똑똑한 부류가 아니라, 부자
와 가난한 자로 나누기 때문에 옳지 않습니다. 그는 센삐 협회
에서 축출되었는데, 뱃사공, 소작농과 방직공들을 폭력에 대
항하도록 선동했기 때문입니다 − (바구니가 올라간다) − 표면적으
로는 − (바구니가 흔들린다) − 그들에게 가해지는 폭력에 대항해
서. 그럼으로써 그는 명백하게 폭력의 사용을 요구하고 있습
니다! (바구니가 내려간다) 카이 호는 자유에 대해 말합니다. (바구
니가 흔들린다) 그러나 실제로 그는 뱃사공, 소작농, 방직공들을
자신의 노예로 만들려고 합니다. (바구니가 내려간다) 뱃사공, 소

---

13) 위아래로 움직이는 빵바구니는 센삐(지식인)의 물질 종속성에 대한 상징적 모습이다.

베를린 제작극단 공연 1989~90
위) 시장에서 지식을 파는 지식인
아래) 지식인들의 주장 , 이태리 살레르노 아테네오 극단 공연, 2009

작농, 방직공들이 충분히 돈을 벌지 못한다고 말합니다. (바구니가 올라간다) 그들의 가족들을 – 그들의 가족들과 함께 사치와 과소비 생활을 할 수 있을 만큼 – (바구니가 멈춘다) 그리고 그들이 너무 힘들게 일해야 한다고 – (바구니가 계속 올라간다) 왜냐하면 그들은 자신들의 인생을 나태하게 보내려고 하기 때문이며, (바구니가 멈춘다) 물론 당연한 것이지만. (바구니가 흔들린다) 많은 사람들의 이런 불만족을 – (바구니가 올라간다) 몇몇 사람들의 이런 불만족을 – (바구니가 멈춘다) 그 카이 호는 착취하므로, 그러니까 그는 착취자입니다! (바구니가 신속히 내려온다) 카이 호씨는 호남성에서 가난한 소작인들에게 땅을 나누어줍니다. 그러나 그것을 위해 그는 우선 땅을 훔쳐야 하므로, 그는 또한 도둑입니다. 카이 호의 철학에 의하면 (바구니가 다시 흔들린다) 인생의 의미는 행복해지는 데에, 바로 황제처럼 먹고 마시는 데에 있다고 하는데, (바구니가 위로 치솟는다) 그러나 이것은 그 카이 호가 도대체가 철학자가 아니라, 떠벌이라는 것을 드러낼 뿐입니다. (바구니가 내려온다) 선동꾼, 권력에 굶주린 불량배, 양심 없는 한량, 추문 폭로자, 어머니 모독자, 무신론자, 강도, 간략히 말해 범죄자입니다. (바구니가 강연자의 입에 가까이에서 흔들린다) 폭군입니다!

누 샨 자네가 알 듯이, 자네는 여전히 잘못들을 저지르고 있지만, 자네 말 속에는 좋은 핵심이 숨겨져 있어. 이제 목욕을 하고 안

마를 받게.

시 메 누 샨 씨, 제게 전망이 있다고 보십니까? 저는 말 꾸며대는 것
을 그다지 잘하지 못했고, 인위적 아첨떨기에 있어서는 17번
째였는데. (퇴장)

구 누 샨! 신입생입니다! (누 샨이 달려온다) 대체 댁은 카이 호에 대
해 어떻게 생각하십니까?

센 솜 생산지의 사람들은 그에 대해서 지주들이 말하는 것만을
알고 있을 뿐입니다. 그는 나쁜 사람이고, 자유에 반대합니다.

누 샨 우리가 여기서 가르치는 것이 마음에 듭니까?

센 그것은 아주 훌륭한 연설이었습니다. 새로운 것을 포함하고
있지요. 카이 호가 땅을 나누어주려고 한다는 것이 사실입니
까?

누 샨 예, 땅을 훔치고 나서 겉보기에는 나누어줍니다. 제가 댁의 학
교 등록을 해드릴까요?

센 물론이죠, 빨리요. 나는 몇 가지를 좀 더 듣고 싶습니다. 하지
만 그것은 당분간 무료겠지요?

    고거 고가 그의 어머니, 센삐 웬, 그의 패거리 세 명과 함께 들어온다.

마 고 내 아들이 시험을 치르고 싶어합니다.

서 기 아, 여기 다시 왔는가? 이번이 세 번째이군, 그렇죠? 오늘 우

리는 시간이 많지 않은 것 같소. 이제 황제의 사위는 셴삐가 될 테니까, 우리는 수백 명의 신입회원 등록을 받고 있지. 왜 자네는 꼭 셴삐가 되려고 하는가?

고거 고   나의 소질과 예비지식을 근거로 볼 때, 국가 일이 천직인 것 같은 심정이오.

서기는 그를 불쌍히 여기는 눈으로 쳐다보고서 마 고에게 머리 숙여 인사한 다음에 서둘러 나간다.

노상강도 1   이해하겠어. 대장님은 실탄을 내놓으셔야 합니다. 물가상승은 이제 진정될 것이고, 장사는 회복될 것입니다. 하지만 우리는 모든 새 가게를 곧바로 습격할 겁니다, 그래야만 그들이 처음부터 습격 보호비를 내는 데 익숙해지죠.

고거 고   나는 여기저기서 무력행사를 하지 않겠다. 다른 계획이 있어.

노상강도 2   좋아요, 하지만 무엇입니까?

고거 고는 굳은 표정으로 침묵한다.

마 고   너희들이 나의 아들을 신뢰할 수 있다는 것은 알고 있겠지.

노상강도 1   (불안하게) 그러믄요.

마 고   (공고문을 가리키며) 크루커, 지금 배운 사람이 전에 없이 호기를 맞고 있어. 고거 고를 믿는다.

大學者 히 웨이가 서기와 함께 들어온다. 그는 앉는다.

센　저 분은 누구입니까?

구　그분은 황제대학의 학장 히 웨이입니다. 그가 시험을 실시합니다.

웬　(시험 책상에 다가가며 작은 소리로) 저의 지원자는 세 번째로 여기서 있습니다.[14] 그는 두 번의 시험에서 매번 3 곱하기 5는 얼마냐는 질문을 받았습니다. 불행하게도 그는 매번 25라고 대답했습니다. 그 이유는 그가 철통같은 성격을 지녔기 때문입니다. 다른 한편으로 그는 매우 뛰어난 사업가이고 훌륭한 시민이며, 그 외에도 학문에 대단한 의욕을 갖고 있으므로, 저는 학장님이 "3 곱하기 5는 무엇이냐?"는 질문을 다시 한번 더 반복해주기를 부탁드립니다. 나의 지원자는 이제야말로 충실한 공부를 통해 정답 15를 습득했습니다. (그는 **돈 보따리**를 건네준다)

히 웨이　(웃으며) 나의 동료 심사위원들과 상의해 보겠습니다.

노상강도 1　대장님은 대체 매번 뭐라고 대답했길래 떨어진 겁니까?

고거 고　25라고. 그것이 옳지 않았어. 왜냐하면 내가 들은 바대로 "3

---

14) 히틀러가 비엔나미술아카데미에 세 번 응시했던 것을 암시하는데, 히틀러는 두 번 낙방했다.

곱하기 5는 무엇이냐?"라는 질문에 대한 대답은 15이니까.

노상강도 1 질문이 "5 곱하기 5는 무엇이냐?"라면, 그것은 백 번 옳습니다. 그들이 이제는 질문을 똑바로 제기하겠지요. (그는 겨드랑이에서 권총을 꺼내서 시험 책상 앞으로 가고, 히 웨이에게 권총을 보이고, 거기서 몇 마디 말을 한 다음에 온다) 대장님은 계속 25라고 대답하는 겁니다, 모든 것이 준비되었습니다.

웬 (그 사이에 누 샨에게 가서) 나는 비용을 다섯 배로 올렸다.

서 기 (소리치며) 고거 고씨. (고거 고가 들어온다)

히 웨이 (노상강도 1을 바라보고, 입을 삐쭉거리는 미소를 띠며) 지원자, 5 곱하기 5는 무엇입니까?

고거 고 15.

히 웨이는 어깨를 움찔하며 팔을 들고, 빨리 나가버린다.

노상강도 1 하지만 모든 것이 그래도 멋지게 준비되었는데.

고거 고 물론이지, 사람들이 항상 다른 질문을 제기한다면…. 힘들게 벌어들인 돈을 갖고 여기 사람들을 넘어뜨리는 방법은 들어보지 못했는데. (큰소리로) 나는 매우 심사숙고한 대답에 의거하여 지체없이 센삐협회의 회원으로 등록될 것을 요구한다. 시험관들은 입증된 바와 같이, 나의 대답에 대한 정확한 질문을 제시하지 못했다. 결국 그들은 무능력하다. 여하튼 나는 지금 이

협회에 들어가야 할지 곰곰이 생각해 보아야겠다. 누구나 알다시피, 여기는 아주 위험한 말장사꾼들이 있다. 그들은 어머니가 한 문장에 들어가 맞지 않는다면, 자기 어머니조차 팔아버릴 것이다! 이 자들은 내가 누군지 알게 될 것이다!

마 고   가자, 여기 사람들은 너를 등쳐먹겠다.

그녀는 고거 고, 웬, 노상강도들과 함께 퇴장.

센   에 페, 이리 오너라. 그 사람에게 무언가 좀 물어보아야겠다.

구   댁은 그럼 등록하지 않으시겠습니까?

센   아마 나는 여기 있는 것 중에 이미 대부분을 배운 것 같습니다. 에 페, 나는 땅을 나누어주려고 한다는 카이 호, 이 선동꾼, 불량배, 어머니 모독자에게 관심이 가는구나.

센은 소년과 함께 퇴장.

4a. 뒷골목

붓글씨를 쓰고 있는 센삐들. 센과 에 페.

센삐 찻집에서 쫓겨났던 남루한 센삐가 센에게 말을 건다.

센 삐 노인, 정치 상황에 대한 의견 하나 원하세요?

센 필요치 않습니다. 죄송합니다.

센 삐 노인, 단돈 3원 밖에 안하고, 서서 해도 됩니다.

센 여기 어린이와 같이 있는데, 어떻게 내게 조를 수 있소!

센 삐 너무 그렇게 신경질적으로 마세요. 하나의 의견을 갖는 것은 당연한 욕구입니다.

센 자네가 당장 가버리지 않는다면, 경찰을 부르겠소. 부끄럽지 않나요? 당신은 생각을 통해 무엇을 하는 거요? 그것은 인간이 할 수 있는 가장 고상한 것이요, 그런데 당신은 그것을 더러운 장사로 만들어 버리고 있소. (그는 센삐를 쫓아버린다)

센 삐 (가면서) 망할 놈의 고루한 속물!

에 페 할아버지, 저 사람을 놔두세요, 너무 가난한가 봐요.

센 그게 거의 모든 것에 대한 변명이지, 하지만 이건 아니다.

5. 大學者의 집

이발사가 해주는 분장을 받고 있는 문카 두[15]와 그의 어머니.

어머니　사람들이 너희를 믿을까? 솜이 실제로 어디 있는지 사람들이 이미 알고 있기 때문에 말이다. 하녀 네 명들도 두려움 없이 거기에 대해 말하던데.

문카 두　사람들이 하려고 하면 하겠지요. 여기 그들이 수영하려는 수영장이 있듯이, 여기 그들이 믿고자 하는 설명이 있어요. 미미미미미[16]. 수영하는 것이 가능해야 하고, 믿는 것도 가능해야 합니다.

어머니　그래서 너는 문장 구성에 어려움이 없느냐?

문카 두　어려움이 많지요. 그 때문에 大家를 필요로 해요. 2 곱하기 2가 5가 되는 것을 입증하기 위해서는 大家가 필요해요.

어머니　우리 가족은 네가 수치스러운 일을 하지 않기를 바란다.

문카 두　그런 지적은 기분이 언짢아요. 만족스럽지 못한 설명을 제공

---

15) 프랑크푸르트 학파의 사회철학자 아도르노(Theodor W. Adorno)의 특성을 지닌다.
16) 독일에서는 고양이 부르는 소리.

한 자들은 참수형에 처해진다는 것은 누구나 알잖아요. 미미 미미.

어머니 오직 나쁜 머리들만이 참수될 것이다.

문카 두 오직 나쁜 가족들만이 죽음을 슬퍼하게 될 것입니다. (그는 홱 일어난다)

어머니는 초인종을 잡아다닌다. 문카 두의 두 자매가 들어온다.
서기 한 명이 그들 뒤를 따라온다.

문카 두 인용문을 받았습니까?

서 기 여기 두 가지 가운데서 선택하실 수 있습니다. (그에게 종이 두 장 을 준다)

문카 두 (눈을 감은 채 한 장을 받으며) 비용은?

서 기 2000.

문카 두 뻔뻔스럽군.

서 기 인용문들은 거의 안 알려진 것들입니다.

문카 두 또한 그것이 좋은 것인지도 문제야. (그는 가족에게로 몸을 돌리며) 이제 등에는 주름이 없지?

어머니 물론이지. 가족과 작별 인사를 하거라.

문카 두 미미미미미미미. 사랑하는 사람들이여. 고통과 절망 속에서 ─ 잠깐, 내세를 위한 나의 대회 출발을 기록해 줄 제도사가 어디 있지? (어머니가 초인종을 누른다. 제도사 한 명이 들어온다. 그는 빨리 그림 그리기 시작한다) 고통과 절망 속에서 우리 나라는 정신적 지도자를 고대하고 있다. 그들은 무슨 말을 할 것인가? 미미미미미미. 왜냐하면, 그것은 백성들의 힘이 아니라, 운명을 결정하는 정신이기 때문이다. 오, 나는 내 어깨에 부과된 책임을 느낀다. 높은 분들은 내게서 많은 것을 듣게 될 것이니, 그렇게 되면 혹시 사람들은 나를 싫어할 테고….

제도사 제발, 이 자세를 유지하시기를.

문카 두 (몇 초 동안 그 자세를 취한 다음에) … 그러나 내가 나의 의견을 말하는 것을 아무도 만류하지는 못할 거야. 미미미미미미. 혹시 나는 너희들에게로 되돌아오지 못할 지도 몰라. 하지만 역사 기록에서는 나의 – 미미미미미미미미 – 나의 명료하고 오해될 수 없는 말을 통해서 위기에 처한 나라를 도우려는 나의 확고부동한 노력은 계속 남아있을 것이다. (그는 위풍당당하게 나간다)

5a. 센삐협회궁전

회의장.

대규모 센삐 회의 첫 날.
회장과 히 웨이 학장에 의해 황제 가족과 회의에 흰 수염 난 센이 소개된다.

히 웨이   영예롭고 기쁘게도 저는 고귀하신 황족과 격조 높은 회의에 우리에게 상징적으로 보이는 손님 한 분을 소개드릴까 합니다. 이 검소한 신사분은 (박수) 단순한 농부이고 (박수) 솜 생산지 출신으로 자신의 노새 수레에 솜을 싣고 솜이 부족한 수도로 오셨습니다. 그런데 판매금, 그리고 그것은 감동적인 것, 아름다운 것, 모범적인 것인데, 북쪽 지방에서 오신 이 남자분 센은 자기 솜의 판매금에 대해서 알고자 지식인주의를 공부하려고 하십니다! (박수) 그의 마음 속 깊은 소망은 인류를 계몽하는 모든 저명한 센삐들을 만나보게 되는 것이었습니다. (박수)

로비.

총리대신 앞에서 저명한 센삐 키 레와 문카 두가 다투고 있다.
매우 큰 나무관에서 공고가 들린다. "주의하세요! 회의가 시작됩니다."

키 레　내가 먼저 말하라고 그러더군. 공을 먼저 굴리기 시작하는 것
　　　　이 가장 어려운 줄로 알지만, 그럼에도 불구하고 맨 처음으로
　　　　말하는 것에 동의했지.

문카 두　나는 오직 말할 수 있을 뿐이오, 또 준비되어 있고.

키 레　물론 내가 그것을 싸워서 얻은 것이 아니오.

문카 두　분명 나는 쓸데없이 앞에 나서지는 않습니다.

키 레　그러나 사람들이 내게 그것을 요구하면, 나는 그것을 합니다.

문카 두　나는 언제나 요청을 수락합니다.

키 레　아무도 당신에게 요청하지 않아요.

문카 두　누가 당신에게 무언가를 요구하겠소?

키 레　사람들은 당신의 방법들을 알고 있소.

문카 두　당신의 수법은 장안에서 다 알고 있지.

키 레　당신과 끈질기게 말싸움하는 것은 나의 체면이 문제요. 나는
　　　　즐기기 위해 말하는 것이 아니오. 나는…. (그는 그를 붙잡는 문카
　　　　두로부터 몸을 잡아 빼서 안으로 들어간다)

총리대신　이리 오시오, 당신들을 황제 폐하께 소개시켜 드리겠습니다.

(두 사람 퇴장)

입구에서 경미한 폭행이 벌어지고 있다.
고거 고가 호위병 두 명과 함께 안으로 들어오려고 한다.

고거 고   내게도 기회가 주어질 것을 요청한다. 평민 출신은 여기서 배
척되고 있다! (그는 바깥으로 내밀쳐진다)

회의장.

히 웨이   황제 폐하와 신사 여러분! 모든 형제들에게서 뜨겁게 사랑 받
는 황제대학 학장 키 레 씨를 첫 번째 강연자로 모시게 된 것
을 매우 기쁘게 생각합니다.

센삐들   (센삐 찬가를 부른다)
앞으로, 생각하라!
지식은 힘
너희들은 이끄는 사람들
모든 것을 감동시키는 사람들
일깨우는 사람들, 선택하는 사람들!
그대들은 파수병이다!

키 레   고귀하신 황족, 격조 높은 회의! 솜, 라나 아르보리스(lana

arboris)[17]는 목화나무에서 채취되고, 목화나무들은 줄기와 가지에 손가락 모양의 이파리와 꽃들이 달린 작물입니다. 그것은 주로 가난한 사람들을 위해 의복의 재료로 짜는 솜털처럼 부드러운 뭉치 덩어리입니다. 존경하는 회원 여러분, 이 덩어리, 라나 아르보리스가 시장에서 사라졌고, 또 그럼으로써 면제품의 소재들이 없어졌으므로 우리가 여기에 모이게 되었습니다. 이제. 우리는 우선 백성을 바라봅시다. 우리는 그들을 용기 있고, 두려움 없이, 선입견 없이 바라봅시다. 몇몇 학자들은 특정한 차이점들을 확립시켰다고 때로는 비난받기도 했습니다, 즉 민중에게서는 특정한 상이점들이 있는데, 예, 우리는 이것을 그렇게 부르죠, 상이점들, 관심의 차이들 등등 말입니다. 지금. 여러분께 고백하건대, 사람들이 저를 그것으로 인해 비난하던지 아니던지 상관없이 저는 이런 의견을 전달드립니다! 그렇습니다. 하나의 숲은 단순히 하나의 숲이 아닙니다, 그 속에는 여러 가지 나무들이 있습니다. 그렇게 민중은 단순히 민중이 아닙니다. 거기에는 누가 있는가? 이제. 거기에는 관리, 접시닦이, 지주, 아연 붓는 사람, 솜 매매상, 의사, 빵 제조업자들이 있습니다. 거기에는 장교, 음악가, 목수, 포도주 제조업자, 변호사, 목동, 시인과 대장장이가 있습니다. 또 어

---

17) 라틴어로 라나(Lana)는 면화/목화, 아르보(arbor)는 나무를 뜻하므로, '목화나무' 라는 의미이다.

부, 하녀, 수학자, 화가, 정육점 주인, 식료품 상인, 화학자, 야
간 수위, 손수건 제조업자, 언어 교사, 경찰, 정원사, 신문 기고
인, 도공, 바구니 엮는 이, 식당 종업원, 천문학자, 모피 가공업
자, 과일 상인, 얼음장수, 신문팔이, 피아노 연주가, 플루트 연
주가, 북 치는 사람, 바이올린 연주가, 아코디언 연주가, 치터
연주가, 첼로 연주가, 비올라 연주가, 트럼펫 연주가, 목관악
기 연주가, 목재 상인과 나무 전문가. 그리고 담배 노동자, 철
강 노동자, 산림 노동자, 농부, 섬유 노동자, 건설 노동자, 건축
가와 선원들에 관해 들어보지 못한 사람이 어디 있습니까? 또
다른 직종들로는 베틀 짜는 사람, 지붕 덮는 사람, 연극배우,
축구 선수, 심해연구가, 석조공, 가위 가는 사람, 개 백정, 술집
주인, 형리, 서기, 우편배달부, 은행가, 짐수레꾼, 조산원, 옷수
선공, 광부, 하인, 운동선수와 세무서 직원. (회의에서 소요가 있
다) 이제. 저는 아마도 너무 상세하게, 너무 정확히, 너무 학문
적으로 되었나 봅니다. 이 모든 다양한 사람들이, 혹은 조심스
럽게 말하건대, 대다수 사람들이, 힘없는 사람들이 한 가지 사
실에 일치한다는 것을 보이기 위해, 다시 말하자면 그들이 –.

한 목소리 … 힘없다는 것.

키 레 아닙니다, 그들이 싸구려 솜을 필요로 한다는 것입니다. 그들은
솜을 구하려고 소리치고 있습니다! 이제. 나의 동료 여러분, 우
리 모두는 솜이 황제 손에 있다는 것을 알고 있습니다. (싸 하는

소리가 회의장을 통과한다) 소유의 의미에서가 아니라, 지배하고 결정하며 정리하는 의미에 있어서 - 그리고 누가 그것을 황제보다 더 관대하고 이타적이며 아버지처럼 주겠습니까? 그러나 솜은 여기 있지 않습니다. 이제. 그렇게 많은 사람들이 솜을 그렇게 긴요하게 필요로 한다면, 그것이 여기에 꼭 있지 않아도 되는 겁니까? 존경하는 회원 여러분, 인기 없게 될 위험을 다시 무릅쓰고 대답해 보겠습니다 - 그렇습니다! 친애하는 여러분, 자연은 정복되지 않는 女神입니다. 우리 지적인 사람들은 자주 간단하게 단정짓는 것을 꺼리죠, 그것은 단순해 보이고, 평범해 보입니다. 이제, 저는 두려워하지 않을 겁니다. 솜은 어디에 있습니까? 여기서 저의 매수될 수 없는 대답은 '그것은 흉작이다' 입니다. 너무 많은 햇빛이나, 너무 적은 햇빛. 너무 적은 강우량이나, 너무 많은 강우량. 그것으로 인해 어떻게 되는지를 사람들은 단정지을 것입니다. 간략히 말해서, 솜은 존재하지 않습니다 - 그것은 재배되지 않았습니다.

그는 품위 있게 나무 연단을 떠난다. 침묵. 황제 가족도 회의장을 떠난다.

히 웨이 키 레 씨 감사합니다. 수상 심사위원회가 결정을 발표할 것입니다.

옷 보관소.

황제, 황제의 모친, 투란도트와 총리대신. 문카 두가 기다리며 서 있다.

황 제 조합 대표들과 상의했소?

총리대신 몇 마디 말을 했습니다, 폐하.

황제는 의아스럽게 쳐다본다. 총리대신은 머리를 흔든다.

황 제 그 사람은 너무 가볍게 해치웠소. 그런 바보 같은 거짓말들 갖
고는 안되지. 반대로, 그것은 오히려 얼핏 보기에도 무언가 맞
지 않는다는 것에 비로소 주목하게 만들잖아. 5분 전에는 솜을
수도로 갖고 온 농부 한 명을 인사시키더니! 현실감각이 없어!

입구에서 언쟁이 있다. 고거 고는 호위병 두 명과 함께 밀치고 들어오려
고 시도한다.

고거 고 나는 너희들의 얼굴을 기억하고 있다. 나는 여기서 아주 중요
한 것을 전달해야 한다.

그는 바깥으로 내밀쳐진다.

투란도트 나는 정신에 이끌려, 하지만 그것!

황 제 그리고 이 반항심! "사람들이 나를 비난할지 어떨지는 매한가지…" 그리고 또 "대다수 사람들, 힘없는 사람들"이라고! 내쫓아버려, 그 자식!

총리대신 그는 더 이상 우리를 지겹게 하지 않을 것입니다.

투란도트 할머니, 나는 하고 싶지 않아요. (그녀는 황제 모친의 팔에 안긴다) 나는 타산적으로 결혼하고 싶지 않아요. 이런 방법은 안돼요! (그녀는 총리대신을 발로 걷어찬다) 이 사람이 그를 나오게 했어요. 찻집 전체가 나를 비웃어요. 목을 쳐! 네 목도! (훌쩍인다) 아무도 나를 돌봐주지 않아! 목을 쳐! 목을 쳐! (황제 모친의 가슴에 머리를 묻는다)

총리대신 (약간의 사이 후) 제가 황제 폐하께 다섯 째 날의 강연자 문카 두 씨를 소개해도 되겠습니까?

투란도트는 한쪽 눈으로 그를 바라본다.

로비.

센, 에 페 소년, 센삐 구.

센 저 사람 혼동하는군, 올해에는 작년보다 솜 생산량이 더 많은데. 어떻게 하면 그를 만날 수 있을까? 그 사실을 그 사람한테 말해 주어야지.

키 레는 경찰들에게 끌려서 지나간다.

센   저 사람 무슨 일인가? 경찰들이 왜 그를 데려 가지? 그와 말
     좀 할 수 없을까?

구   (그를 붙잡으며) 저 사람과 같이 있지 마세요, 당신에게 안 좋을
     거요.

센   그가 체포되었다는 뜻인가요? 그가 오직 진실을 알지 못하기
     때문이요?

구   그는 진실을 알고 있지요.

센   그가 거짓말을 했기 때문에 그래서 그가 체포되었구려!

구   그가 거짓말을 했기 때문이 아니라, 단순하게 거짓말을 했기
     때문입니다. 노인, 배워야 할 게 아직 많군요.

     옷 보관소.

     총리대신은 투란도트를 서기 누 샨이 수행하는 히 웨이 학장에게 소개한다.
     투란도트는 문카 두와 같이 있다. 회의장에서부터 센삐 찬가가 울려 퍼
     진다.

히 웨이   제가 손수 고안한 이 의상을 황제 폐하께 증정하도록 해주시
        겠습니까?

누 샨은 상자곽에서 詩句들이 쓰여진 한지옷[18]을 꺼낸다.

총리대신　회의 진행이 불만족스러운 관계로, 또 쇄도하는 지원자들을
　　　　　맞이하기 위해서 센삐 협회 의장 히 웨이 씨는 회의 3일째인
　　　　　오늘에야 말씀을 할 것입니다.

투란도트　오, 얼마나 재치가 있어! 한지야!

히 웨이　모든 재료들 가운데 가장 고상한 것입니다!

투란도트　"고상한 재료 그 자체, 나는 더 고상한 것을 덮는다." (시녀들을
　　　　　부른다) 오늘 이것을 입겠다.

　　　　　병풍이 쳐지고, 그녀는 옷을 갈아입는다.

총리대신　(히 웨이에게) 이리 오십시오!

　　　　　확성기에서 공고가 있다. "전달. 지리학자 파우더 멜이 회의에 참가하기

　　　　　위해 시가체[19]의 타시 룸포 수도원[20]에서 출발했습니다." 박수.

　　　　　회의장.

---

18) 나치가 선전했던 셀룰로오소(섬유소) 옷을 암시한다. 독일에서 30년대에는 이것과 더불어 전
　　쟁 준비를 위한 원료들의 절약이 요구되었다.
19) 티벳 서쪽의 도시.
20) 티벳 라사의 서쪽에 있는 수도원으로서 라마주에서 두 번째로 높은 수도승들의 장소.

야우 엘 어제는 어떠했습니까?

황 제 별볼일없었어. 신학자 한 명. 그가 말한 것은, '옷을 적게 입을수록 더욱더 건강해진다나.' 햇빛. – 너는 어디 있었던 거야?

야우 엘 지방에요. 몇몇 솜 뭉치들을 태워버리려고 했습니다.

황 제 무엇 때문에? 그건 허락할 수 없어. 내가 여기 왜 여기 앉아있는데?

야우 엘 그럼 형님은 어떤 다른 방법으로 값을 올리겠단 말입니까?

황 제 그래도 소각하는 방법 말고. 솜을 이 가격으로 팔기 위한 다른 방법이 없다면, 비싼 가격이 내게 무슨 소용이란 말이야?

야우 엘 저와 대화하려면, 먼저 경제학을 공부해야 합니다. 우리가 솜 5천만 연을 갖고 있다고 합시다…. (그는 작은 목소리로 계속 설명한다. 그동안에 회의장에 들어온 히 웨이의 강연이 계속 된다)

히 웨이 황제 폐하, 신사 여러분! 회의 초반에 여기서 어떤 품위없는 사람이 올해 중국에서는 솜 생산이 없었다고 주장했습니다. 그것은 중국 민중에 대한 모욕입니다. 저는 1500만 연 가량의 솜이 생산되었다고 여러분께 전달드립니다. 그리고 어떤 방법으로, 어떤 방법으로 우리 민중이, 지구상에서 가장 부지런한 사람들이 이 솜을 생산했습니까! 우리는 큰 사찰과 봉건적 토지의 소작인들이 최고도로 엄격한 재배를 위해서 얼마나 많은 땀을 흘렸는지를 알고 있습니다. 게다가 믿을 수 없을 정도로 손바닥만한 밭떼기에서 손가락 뼈마디까지 부서지게 일하는 수백만 농부들이 있습니다. 그들을 칭찬하라, 가난한 농부들을 찬미하라! 보통 사람들 옷의 영웅적인 제작자들을! (박수)

야우 엘 형님이 제게 무언가 떠맡기는 경우에는 그것을 좀 명심하세요, 형님은 사업적인 머리가 없잖아요 - 우리가 솜을 팔기 시작할 수 있기 전에, 그 절반을 없애야 합니다. 그러나 제가 그것을 소각하도록 할 수는 없어요. 왜냐고요? 냄새가 나니까요.

황 제 그건 냄새가 나지는 않아, 양모만이 냄새가 나지.

야우 엘 하지만 그건 연기가 매우 많이 납니다.

히 웨이 그리고 이제 여러분은, 또 여러분과 더불어 모든 백성들은 제게 물을 것입니다 - 그것은 어디 있느냐? 그 솜은 어디 있느냐? 저는 그들에게 이렇게 말할 것입니다 - 그것은 사라졌다.

소란.

야우 엘 저 작자 돌았나? 당장 집어치라고 해!

히 웨이 그것은 어디로 사라졌는가? 이 세상, 어디에? 저는 이에 대해 또 이렇게 말할 것입니다 - 운반 중이다. (소란이 커진다) 존경하는 회원 여러분! 여러분은 대단한 것을 예상하시겠지요, 여러분이 분노하시는 것은 당연합니다. 여러분은 진실로부터 더 이상 멀리 떨어질 수 없을 것입니다. 제가 이제 여러분께 중국 민중의 위대함과 덕성에 관해 새로운 노래 하나 부르는 것을 허락해주십시오. 저는 우리 황가의 고귀한 통치 하에서 진보에 대해 말하고 있습니다. 신사 여러분, 불과 몇 년 전에 평온한 나라의 백성은 비참한 인상을 주었습니다. 누더기를 걸쳐서 반쯤 헐벗고, 거의 짐승같이 노출된 사람들이 여러 마을에 가득했습니다. 그들은 단정한 의복, 취향에 맞는 소재들을 알지 못했고, 거의 원하지도 않았습니다. 그런데 오늘은 어떻습니까? 신사 여러분, 황족의 일원이 솜 생산량을 거두어들인 것은 그 모든 것을 변화시켰습니다. 우리 마을에 문화가 도입되었습니다. 문화! (천정에서부터 삐라가 비처럼 내린다) 밭에서 대도시로 운송 도중에 솜이 유실된 것은 우리 나라에서 문화의 증가라는 것으로 해명이 됩니다 - 문화는 국민들이 매입해 버린 것입니다! 저는 이 삐라들이 무슨 내용을 담고 있는지 모릅니다만 - .

소리, 카이 호의 삐라들이다! 경찰!

히 웨이　… 하지만 저는 그것이 거짓말이란 것을 알고 있습니다. 진실은 이렇습니다 - 솜은 다 팔렸다!

젊은 메네　(젊은 셴삐 그룹 속에서) 밭이 없어서 자기들의 조막만한 밭떼기를 주머니칼로 일구고, 자기들 할머니 귀에다가 면화 씨를 뿌리는 농부들에 의해 팔렸단 말입니까? (그는 경찰들에게 끌려 나간다) 그들은 무명천 옷을 만들 수도 없습니다!

황 제 등신이야, 이 작자 히 웨이는!

총리대신 조합 대표들이 삐라를 손에 들고 회의장을 떠나고 있습니다.

히 웨 이 (당황하며) 진정하시기를 부탁드립니다. 중국은 낭떠러지 끝에 와 있습니다! (박수 소리가 그의 말을 중지시킨다. 투란도트가 문카 두를 동반하고 칸막이가 쳐진 좌석으로 들어온다. 그녀는 히 웨이가 만든 한지옷을 걸치고 있다) 황제 폐하, 격조 높은 회의! 우리 민중의 상승된 문화적 요구로 인해 발생된 의복 재료의 결핍에 대처하기 위해서 저는 반복해서 말하건대, 수도(首都)를 위해 즉시, 지체없이, 모든 관료주의적 지연 없이, 모든 지금까지의 규정들을 피해가면서, 의복을 위해 가장 고상한 소재를, 가장 신성한 소재를 사용하기를 제안합니다, 즉 우리들의 사상가와 시인들을 고귀하게 만들었던 그 소재 말입니다, 한지요! (외침) 그리고 비를 금지시키는 것도.

웃음 소리. 경찰들이 도중에 소리치는 사람, 웃는 사람들을 색출한다.
그리고나서 다시 박수소리. 투란도트가 그녀의 양산을 과시하듯 펼친다.
새로운 외침, 우리들의 거리 노동자들은 양산을 쓰고 일할 것이다!
다른 외침, 너희들은 차라리 카이 호의 삐라들로 옷을 해 입어라!

황제 가족은 회의장을 떠난다.

옷 보관소.

야우 엘   솜이 운송 도중에 사라졌다! 이제 오직 한 사람만이 어디론가
          큰 소리로 나팔을 불어야지, 그리고 우리는 트렁크 짐을 쌀 수
          있다!
투란도트   나는 나라의 웃음거리가 되었어, 또다시! 불쌍한 인간! (몸에서
          한지옷을 찢는다) 여기, 또 여기, 또 여기!
황 제   여기서 스캔들을 일으키지 말아라, 우리가 일으킨 스캔들로
          충분하다.

          야우 엘과 함께 퇴장.

총리대신   당신은 센뻬 협회의 회장이십니다.
누 샨   그럴 수 없소, 나는 그의 제자입니다.
총리대신   당신의 양심으로써 그것을 결정하시오.

          두 사람 나간다.

황제의 모친   목을 쳐, 목을 치고, 목을 치라고! (킬킬거리며 퇴장)

시녀들이 킥킥거리며 투란도트의 병풍을 나른다.

오직 궁정 지식인과 문카 두만이 거기에 있다. 확성기에서 공고.

"나흘째 지원자들은 대회의실에서 등록하시기를 부탁드립니다."

투란도트 (병풍 뒤에서) 문카 두! 당신 아직도 기다리세요?

문카 두 공주마마, 저는 대회의실에서 등록을 해야 합니다.

투란도트 그것은 언제든지 할 수 있어요. 거기에 또다시 수십 명이나 서 있어요. 나는 당신이 맨 마지막 연사로 나서기를 원해요.

문카 두 예, 공주마마.

투란도트 문카 두! 오늘 나와 같이 궁전으로 들어갑시다, 그리고 당신에게 무엇인가 보여주겠어요.

문카 두 공주마마, 아마 그보다 더 귀중한 것은 없을 것입니다만, 저는 중대한 연설을 준비해야 할 것입니다.

투란도트 분명히 피 예이가 아직 거기에 있을 거야.

궁정 셴뻬 물론입니다, 공주마마.

투란도트 여기 조용히 있으세요. 문카 두, 오늘 밤 솜으로 만든 것을 보여주겠어요.

시녀들이 크게 킬킬거린다. 확성기에서 다시 전달 사항이 들린다.

문카 두 공주마마, 제가 저의 중대한 연설을 준비할 수 있도록 말미를 주십시오.

투란도트 피 예이, 대회의실로 가서 거기 아직 얼마나 많은 지원자들이 남아있는지 살펴 보아주세요.

피 예이, 대회의실로 퇴장한다.

투란도트 문카 두!

회의장.
총리대신과 서기 누 샨이 궁정 센삐를 마주 보고 서 있다.

총리대신 불편하군요. 이제 세 번째 날의 마지막인데, 더 이상 아무도 등록하지 않습니다! 물론 지방에서 오는 강연자들이 더 있겠지요. 문카 두씨는 내일 아침 이른 시간에 연설한다고 전해주십시오. (누 샨에게) 그리고 당신은 그 멍청이를 처치하시오.

궁정 센삐는 의상실 안으로 되돌아가기를 주저한다.

로비.

서기 누 샨은 매우 고독해진 자신의 스승, 히 웨이 학장을 발견한다.

경찰들이 지키고 있는 문앞에서는 메 네와 다른 젊은 센삐들이 서 있다.
노인 센과 센삐 구는 출구 쪽으로 간다.

구　여보시오 센, 전체 진행에 대해 어떻게 생각하십니까?

센　센삐들의 웅변술은 대단합니다, 그러나 그것으로 충분하지 않
아요, 밭이 너무 작습니다.

히 웨이　내가 여기 이 젊은이들, 카이 호의 공개적 지지자들에 대해 최
고의 중형, 가장 엄한 벌, 죽음을 요청한다고 당장 상부에 전
달하세요! (서기는 경찰들에게 눈짓을 하고, 젊은 사람들이 끌려나간다)
감사합니다. 무엇인가 들었습니까? 사람들이 내 연설에 대해
무어라고 합니까? 삐라들의 영향력은 좀 사라졌어요, 그렇죠?
그러나 공주가 나의 의상을 입고 전시적으로 출현해서 다시
많이 만회했다고 생각합니다. 사람들이 만족하던가요? (쉰 목소
리로) 무슨 전할 말이라도 있습니까? 사람들이 제게 아무 말도
안 했는데, 아마도 궁정의 반응을 알지 못하기 때문인 것 같군
요. 내 연설 기록이 출판되기 전에 당신이 최대한 정확하게 검
토해 보세요. 회의장 안의 열기는 분위기에 영향을 약간 미치
고 있습니다, 그렇죠? 참, 당신은 왜 말이 없으십니까? 당신은
지난 11년 이래로 내 제자이니, 당신이 그 기록을 책임져 주세
요. 알겠습니다. 내 아들에게 말하실 것은….

로비.

네 번째 날. 총리대신, 누 샨과 센삐 학교의 서기. 확성기에서 공고.
"다섯 번째 날의 신청자들은 로비에 있는 총리대신 위원회 앞에서 신청해
주십시오."

총리대신 그는 우리가 기다리게 하고 있어. 출입구들을 봉쇄하고, 벽들
을 두드려 살펴보고, 지하실들을 샅샅이 수색했는가?

누 샨 전쟁 장관이 개인적으로 검문을 넘겨받았습니다.

총리대신 (불안하게) 그건 아무런 소용없어. 그 인간은 30여 년 전에 법의
테두리 안에서 온건한 진보를 위한 모임[21]의 회원이었지 – 타
쉬 룸포 수도원의 지리학자가 이제 막 등록을 했군. 그러나 그
는 내일 모레 이전에는 도착할 수 없을 거야 – 어제의 훼방꾼
들이 센삐 협회에서 축출되었는가?

누 샨 그들은 처형되었습니다.

총리대신 그건 별 흥미 없어. 그들이 센삐 협회에서 축출되었는지를 물
었다.

문카 두와 시녀들을 거느린 투란도트가 황급히 들어온다.
문카 두는 분명 잠이 모자라 피곤하다. 인사.

---

21) 독일의 사회민주당(SPD: Sozialdemokratische Partei Deutschland)을 암시함.

투란도트	신사 여러분, 이 분을 축하해줍시다, 그는 자신이 연설할 것을 오늘 밤 제게 말해 주었습니다.
총리대신	문카 두씨, 어제 불유쾌한 사건 후에 비중국적인 사상[22]에 관해 누구를 막론하고 지원자들을 철저히 검사하는 것으로 결론이 작성되었다는 걸 당신이 알고 있으리라고 확신합니다.
투란도트	그는 결코 그런 생각이 없어요.
총리대신	(머리 숙이며) 분명히 아니겠지요. (문카 두에게) 당신은 이런 절차상의 일을 지켜 주십시오. (사람들이 않는다) 당신은 야뇨증(夜尿症) 환자요?
문카 두	(힘없이) 아니요.
총리대신	(시녀들에게) 제발, 킥킥대지 마라. 질문은 미리 정해져 있습니다 – 당신은 언제인가 무장 봉기의 친구들 모임에 가입했습니까?[23] (문카 두는 고개를 흔든다) 인권에 대한 거짓말쟁이들에게도요? (문카 두는 고개를 흔든다) 당신은 어떠한 형태이든 평화를 지지합니까? (문카 두는 고개를 흔든다) 당신은 친척이 있습니까? (문카 두는 고개를 흔들다가, 제정신이 들고나서 고개를 끄덕인다) 북쪽 지방입니까? (문카 두는 고개를 흔든다) 카이 호 이름을 말해 보시오!
문카 두	카이 호.

---

22) 브레히트가 미국에서 1948년에 反美행위조사위원회(Un-American Activities Committee)에서 심문 받은 과정이 암시되고 있음.

23) 계속해서 반미행위조사위원회에서 브레히트에게 제기된 질문들이 변형되고 표현되고 있다. 여기서 브레히트는 "당신은 과거, 혹은 현재 공산당 회원인 적이 있습니까?" 등의 질문을 받았다.

투란도트 공주, 이태리 살레르노 아테네오 극단 공연, 2009

총리대신 당신은 떨고 있군요.

문카 두 잠을 못 자서 피곤합니다.

투란도트 (그녀의 머리카락 모양을 다듬던 시녀들을 밀쳐버리며) 끝났어.

그녀는 일어나고, 문카 두에게 윙크하며 그와 시녀들과 함께 바깥으로 나

간다. 지식인 찬가가 희미하게 음정이 안 맞으며 울려 퍼진다.

회의장.

도처에 무장한 보초들. 문카 두와 투란도트가 들어온다.

문카 두는 질질 끄는 발걸음으로 나무 연단으로 가고,

투란도트는 경쾌한 걸음으로 황족 특별석으로 간다.

그녀는 어깨 솔을 벗어 던지고 반나체로 앉는다.

황 제   어떻게 너는 여기서 그렇게 볼거리를 만들어 주는 거냐!

투란도트   야단치지 마세요, 아빠가 그걸 필요로 해요.

누 산   센뻬 협회 회장으로서 저는 여러분께 나흘째의 지원자이며,
         철학과 학과장인 문카 두씨를 삼가 소개 드립니다.

투란도트가 박수친다.

문카 두   황제 폐하, 신사 여러분! 역사적인 시간에 있어서….

입구에서 약간의 몸싸움 후에 네 명의 웃통을 벗은 남자들이 들어온다.

그들은 노래 부르고 바닥을 쿵쿵 밟으며 중간으로 간다.

네 명   햇살, 햇살
         건강하고 즐겁게 해주네
         뼛속까지 추워진다면,
         카이 호 만세!

무장 보초들이 이 네 명을 구타하고 바깥으로 몰아낸다.

네 명 (면으로 만든 삼각건이 달린 막대기를 높이 치켜들면서)

치마 하나는 멋진 망상인가

그렇게도 잘 되어가나

왜냐하면 깃발 하나밖에 안되니까

카이 호 만세!

문카 두 (이 네 명이 구타당하며 내쫓기는 동안에) 황제 폐하, 신사 여러분 ….

젊은 시메 (새로 구입한 지식인 모자를 바닥에 던져버리고 그것을 발로 짓밟으며) 그

들을 풀어주어라! 아니면 나를 데려가라! (그도 데려간다)

문카 두 역사적인 시간에….

시 메 (입구에서) 철학과의 신, 당신은 왜 여기서 연설하는 것입니까,

말하는 것만으로는 소용없다! (그는 잡아 끌려 나간다)

누 샨 (분노하며) 시 메, 너를 제명하겠다!

외 침 문카 두, 이제는 말하시오! - 센삐 협회 궁전이 생선 시장으로

바뀌고 있다[24] - 이 궁전에서 더 악취가 풍겨난다.

문카 두 (핏기 없는 안색으로) 시 메, 나는 여기서 말하겠다, 내게서 말하는

자유를 빼앗을 수 없으므로 여기서 말한다, 항상 제가 하고자

하는 곳에서, 항상 제가 하고자 하는 것을. 예, 저는 자유를 옹

---

24) 성경 구절의 변형으로 예수는 예루살렘의 신성한 교회가 상인들의 장사로 더럽혀지는 것을
한탄한다.

호하기 위해 여기 서 있습니다, 저의, 여러분의, 모든 사람들의 자유를.

외 침 또한 늑대들의!

문카 두 (경찰이 소리친 사람을 찾는 동안에) 예!

외 침 그리고 양들의?

문카 두 (경찰이 소리친 사람을 찾는 동안에) 물론, 양들의 자유도 있어야지요! 제 의견은 그게 아닙니다, 저는 그런 의견이 아니라 (땀을 닦으며) 저는 의복 제작용 솜을 벌거벗은 자들에게 주지 말아야 한다는 의견은 아닙니다만, 그러나 제가 그런 의견이라면, 그런 의견이라면, 그것을 발언해도 되기를 바랍니다, 그것, 제가 누구와도 공유하지 않는 것은 아닌 의견 말입니다. 솜이 문제시되는 것이 아니라, 솜에 대한 의견의 자유가 문제시됩니다, 솜이 안건이 아니고, 솜이 중요시되는 것이 아닙니다. 여기서는 바로 장사가 추진되는 것이 아니라, 여기서 사람들은 의견을 갖고 있습니다. (소요) 의견이 문제시되며, 장사가 아닙니다!

입구에서 두 명의 호위병과 함께 고거 고가 무력으로 밀치고 들어온다.

고거 고 아마도 한 사람이 여기서 자신의 의견을 말해도 될 것 같소, 센삐 모자를 쓰고 있지 않지만, 행동을 통해 입증한 남자가….
(그는 바깥으로 내쫓긴다)

외　침　노상강도들이 핍박받는다!

문카두　황제 폐하, 신사 여러분! 여기서 더 이상 솜에 관해 강연하지 말고, 한 민족이 가져야 하고, 없어서 고통받을 수 있는 덕성들에 관해서 말하도록 하십시오. 질문은 '솜이 어디 있느냐?' 가 아니고, '덕성들이 어디 있느냐?' 입니다. 그 명랑한 체념이 어디로 갔습니까? 중국 민중이 수많은 고통들을 견뎌낼 줄 알았던 전설적인 인내말입니다. 영원한 배고픔, 기진맥진하게 하는 노동, 엄격한 법을 참아냈던 것은?

황　제　그는 빗나가고 있어. 그럴듯하게 시작한 다음에!

문카두　그것은 – 그의 원고로부터 – 내적인 자유였습니다. 폐하, 신사 여러분, 그것이 없어졌습니다.

외　침　외적인 자유와 함께.

문카두　저는 옛날 세대의 단순한 사람들을 기념하는 것을 존경합니다. 누더기를 입고서 – 항상 솜이 있지는 않았으니 – 한줌의 쌀로 연명하며, 구걸하지 않고, 또 폭행을 하지 않으면서도 자신의 시간들을 품위있게 보낼 줄 알았던 사람들 말입니다. 사람들은 카이 호, 당신이 우리 사이에 앉아있다고 말합니다. (소요) 저는 그건 모르겠습니다. 그러나 당신이 거기 있다면, 그러면 저는 당신에게 묻겠습니다 – 당신은 자유로써 무엇을 시작했습니까? 당신은 모든 사람들을 노예로 만들고 있습니다. 당신은 모든 사람들이 솜을 찾아 소리쳐야 한다고 요구합니다, 마치 더 나은 것은 없는 것처럼!

외 침 바로 비단.

문카 두 저는 당신에게 저의 의견을 말할 수 있는 자유를 요구합니다, 듣고 있소? 제게는 황제의 창고에 있는 솜이 아니라, 자유가 문제시되고 있습니다!

큰 소란.

야우 엘 지금 그것들이 바깥에 있네. 이 멍청이들이 모든 것을 폭로했어!

황제 가족은 회의장을 떠난다.

문카 두 자유! 자유! 자….

확성기에서 노래가 들린다. "햇살, 햇살이 건강하고 즐겁게 해주네. 뼛속까지 추워진다면, 카이 호 만세!" 경찰이 문카 두에게 달겨든다.

로비.

센삐들이 출구로 몰려간다.

외 침	그가 센삐 협회를 짓밟았다 – 그는 나약한 인상을 주었어 – 그래 그의 조급함 – 창고는 벼락이 된 입방아였어.
구	(센 노인에게) 용기를 잃지 마십시오.
센	오늘 용기를 얻었습니다. 속담에서 고양이가 쥐를 보았다고 하듯이.
에 페	할아버지, 노래가 멋져요.
센	쉿! 얘는 멜로디와 소리, 울림을 말하는 겁니다. (교활하게) 보렴, 지식인들로부터 벌써 무언가를 좀 배웠단다. 경찰에게서는 누구나 센삐이어야 해.
구	(갑자기 자기 센삐 모자를 바닥에 던지며) 노인, 나는 이제 나의 장사를 무시하게 됩니다. (그는 놀라서 주변을 둘러보고, 모자의 먼지를 털고서 모자를 다시 조심스럽게 쓴다) 그럼에도 불구하고 당신은 여기서 많은 지혜를 배우실 수 있을 겁니다.
센	여러 가지 지혜들이 있습니다. 나는 땅을 나누어주는 지혜를 지지합니다.

6. 도시 성벽 위

형리 한 명과 그의 조수가 문카 두의 참수된 머리를 도시 성벽 위에 다른 머리들 옆에 꽂아놓는다.

형 리 인간 운명의 변화보다 더 무시무시한 것은 없네. 어제 옌 파이와 그의 조수가 마지막 머리통을 서쪽 편에다가 꽂아놓았지. 그들은 쾌활하고 즐거웠어. 그들은 서쪽을 골랐는데, 왜냐하면 어제 그쪽에서 제7의 정화 순례자들이 따르는 티벳인들 행렬이 지나갔기 때문이야. 깔끔한 성공이었어. 순례자들은 그 광경에 대해 최고로 흡족해 한다는 말을 했고, 옌 파이의 운명은 만들어진 것처럼 보였지. 하지만 오늘밤에 서풍이 불고 비가 왔고, 오늘 아침 이 모든 전시는 끔찍스럽게 보였어. 중국 전체에서 더 이상 찾아낼 수 없는 그 머리들은 오로지 비참한 그림자 자체였어. 옌 파이는 그래도 오로지 외적인 성공 때문에 서쪽을 고를 수 있었을 거야. 투란도트 공주는 오늘 아침 일찍이 두 시간 동안 울었대. (그들은 끝을 내고, 계속 걸어간다) 그래, 우리 신분에서 행과 불행이 교차되는군.

한 남자의 목소리　(계속 노래하면서 가버린다)

　　　저 수레를 끄는 사람에게 말해주렴

　　　그는 곧 죽을 거라고.

　　　그에게 물어보렴,

　　　누가 살 것인가.

　　　그 수레에 앉아있는 사람.

　　　밤이 오네.

　　　한 줌의 쌀이 있다면

　　　좋은 날이었을 텐데.

　　　센뻬 학교의 서기는 시 푸 소년과 함께 온다.

　　　그들은 머리통들을 유심히 쳐다보다가 이름 모를 머리 앞에

　　　멈춰 선다.

서　기　이건 나의 선생님이야, 중국어 문법의 가장 유명한 권위자이
　　　지. 그는 회의에서 바보 같은 말을 말했어, 그러나 이제 백거
　　　이[25]의 시를 설명해줄 사람이 없어. 오, 당신은 왜 자기 분야에
　　　남아있지 않습니까! – 누군가 온다.

　　　두 사람 모두 퇴장. 시녀들과 함께 산책하는 투란도트가 들어온다.

　　　무장한 사람들이 그들을 뒤따른다.

---

25) 백거이(白居易, 772~846) 중국 당나라 때 유명 시인.

참수된 지식인의 머리가 달린 성벽 옆을 걸어가는 투란도트, 베를린 제작극단 공연 1989~90

투란도트 (문카 두의 머리를 본다) 엇! 그리고 여기 히 웨이, 한지 재단사도 있
네. 사실 나는 과부옷을 입어야하는데, 하지만 지원자들에게
위협적으로 보일 거야. 도대체 벽 위에 머리들이 너무 많네, 이
정책은 결코 지지를 받지 못할 것 같아. 저기 누가 오지?

시 녀 1 저 사람은 노상강도 고거 고입니다, 센삐 찻집에서는 우스꽝
스러운 인물이죠.

시 녀 2 그 반대야. 장안의 여자들은 그의 남성다움에 칭찬이 자자해요.

투란도트 그러니까, 멋진 바보로군.

시 녀 1 두 놈이 같이 따라오는 것 같으네. 가세요.

투란도트 남아있자.

고거 고가 와서 도피하는 듯 공포에 쌓여 뒤돌아본다.

그는 여자들을 바라보며 서 있다. 투란도트는 미소짓는다.

고거 고 아마 산책하시나 봅니다.

투란도트 (웃으며) 수탉 한 마리를 사렵니다.

고거 고 그렇습니까, 그것 참 대단하십니다. 제가 여러분과 함께 가도 되겠습니까?

시녀 1은 그가 왔던 방향을 쳐다보고서는 웃는다.

투란도트 그러세요.

고거 고의 호위병들이 고거 고를 위협적으로 바라보며 가까이 온다.

고거 고 (투란도트에게 기사처럼 팔을 내밀며 그녀를 호위병들 앞으로 지나가게 한다) 숙녀분은 보다 강한 보호를 필요로 하십니다. 이 동네에는 건달들이 많습니다.

투란도트 이 남자분들이 당신한테 무언가를 바랍니까?

고거 고 출세하지 못한 수많은 사람들이 저한테 찾아옵니다.

투란도트 혹시 사람들은 당신에게 그저 물어보기만 하나요?

고거 고 질문 따위들은 지겹도록 받았습니다. 근본적으로 저는 질문에 대답하지 않습니다.

투란도트 질문들이 좀 불편한 것들인가요?

고거 고 잘 모르겠습니다. 저는 질문에 제대로 귀기울이지 않습니다.

투란도트 정치가군요! – 그럼 센삐회의에 대해 어떻게 생각하세요?

고거 고 무의미합니다. 지금 댁은 그 결과를 알고 계십니다. 저는 회의 자체를 저지하려고 했으나, 소용없었습니다. 제가 여기 이 분들처럼 그렇게 배운 사람이 아니기 때문에, 사람들은 저를 들여보내지 않으려고만 했습니다. 이제 여기에 거짓말이 있습니다. 나라에게 제기되는 모든 질문에 대답하려고 하면, 나라가 망합니다. 왜냐고요? 거짓말이 있습니다. 댁은 개가 매일 아침 뼈다귀가 어디 있느냐고 묻는다면, 그 개를 오랫동안 데리고 있으시겠습니까? 그 개가 그저 댁의 마음에 안 들 겁니다.

투란도트 그것 참 그럴 듯하네요. 그럼 여자들에 대해서는 어떻게 생각하세요?

고거 고 중국 여자는 정숙하고 부지런하며 순종적입니다. 그러나 그들을 민중처럼 다루어야 합니다, 즉 준엄하게. 그렇지 않으면 그들은 힘없이 늘어집니다. (그때 호위병들이 다시 위협적으로 지나간다) 고집 같은 것은 저는 간단히 해치워버립니다.

투란도트 그러면 저에 대해서는 어떻게 생각하세요?

고거 고 제가 말씀드려도 된다면, 댁은 수수께끼 같은 존재입니다. 어쨌든 저는 황송하게도 댁을 분명 벌써 한번 뵌 적이 있는 것 같습니다.

투란도트 나는 당신을 도울 수 있어요, 문학적 환경 속에서.

고거 고 문학이 없는 민족은 문화민족이 아닙니다. 문학은 오로지 건강해야만 합니다. 저는 분명 평범한 가문 출신입니다. 학교 다닐 때는 체조와 종교를 잘했지만, 일찍이 저는 일종의 리더십을 발휘했습니다. 생각이 같은 일곱 명과 같이 저는 사업을 시작했고[26], 엄격한 기율을 통해 지금과 같은 조직으로 만들었습니다. 저는 부하들에게 저에 대한 열광적인 믿음을 요구합니다. 그래야만 저는 제 목적에 도달할 수 있습니다. (무장한 사람들에게) 이 사람들을 체포하시오. (호위병들은 빨리 나가버린다) 댁을 어디로 모셔다 드릴까요?

투란도트 (흥겨워서) 다른 일이 없으시다면, 황궁쪽으로요. (시녀 2에게) 내가 조금 전에 말한 것은 맞지 않는구나.

투란도트와 그녀의 수행원들이 왔던 방향으로 모두 퇴장한다.

히 웨이의 머리 오늘 밤 다시 비가 올까봐 걱정이다.

익명의 머리 나의 주요 주장은 건전했지만, 사실 세부 사항에서 색깔이 좀더 분명할 수 있었는데.

---

26) 1932년 히틀러의 선거 연설에서 나온 말. 당시 히틀러는 "일곱 명과 함께 13년 전에 나는 독일 통일과업을 시작했다"고 말했다.

키 레의 머리　더 늘어날 것이 없어.

히 웨이의 머리　답변이 있어야 해. 어젯밤에 거의 거기까지 왔어.

문카 두의 머리　충분히 잠을 자두었어야 했는데, 그랬다면….

키 레의 머리　그 (황제)가 그것(솜)을 마음대로 사용하는 것 – '마음대로 사용하다' 는 불행한 말이야 – 말할 필요가 없었는데.

히 웨이의 머리　진정한 학문은 결코 포기하지 않는다! 당연히 모든 질문에는 대답이 있다. 누구나 그것을 찾기 위해 시간이 필요할 뿐이다.

익명의 머리　시간, 우리는 그게 있지.

키 레의 머리　어쨌든 우리는 여기서 일종의 자유를 누리고 있는 거야.

두 젊은 센삐가 끄는 수레 안에 지리학자 파우더 멜이 있다.

젊은 센삐　(소리치며) 저명한 지리학자 파우더 멜이 행차하니 길을 비키시오!

파우더 멜　피곤하다고 변명하지 마라! 내가 도착했을 때, 회의가 벌써 끝날까봐 극도로 걱정된다. 매 순간 누구나 대답을 찾을 수 있다. 그 다음에 또 뭐지?

젊은 센삐들은 서 있다가, 놀라면서 머리들을 가리킨다.

파우더 멜　몇 명의 범죄자들이군! 앞으로 가자, 젊은 친구들이여!

7. 황궁

총리대신이 의복제작자 대표와 그 조합의 센삐를 맞이한다.

조합 센삐   각하! 상황 분석에 따르면….

의복제작자 대표   (윙크하며) 제가 말씀드리지요. 우리 의복제작자들은 더 이
상 참을 수 없습니다, 그것이 전부입니다.

총리대신   저는 여러분께 다음과 같은 것을 정중히 전달드릴 수 있습니
다. 황제께서는 센삐 대회의의 실패로부터 결론을 내리시려고
합니다.

의복제작자 대표   (기뻐하며) 그것 참 잘 됐네! 이미 말한 것처럼, 우리 회원들
에게 더 이상 참으라고 할 수 없습니다.

총리대신   (그를 바깥으로 끌며) 이 앞방 대기실에서 결정을 기다리십시오.
어쨌든 無衣服者조합 대표가 나타나지 않은 건 확실합니다.

의복제작자 대표   그들은 거기서 자기들의 독자적인 노선을 추구하고 있습
니다.

총리대신   당신들은 그들과 사이가 안 좋습니까?

의복제작자 대표   한 가지는 분명합니다. 제가 그놈과 같이 있는 것은 더 이

해설자의 모습 (배우: 강정숙). 베를린 제작극단 공연 1989~90

상 못 보실 겁니다.

센삐와 함께 퇴장. 황제와 야우 엘이 들어온다.

황 제   모든 것이 그 센삐들 잘못이야. 나는 항상 최고의 것을 원했다.

야우 엘   그리고 최고의 것을 받았습니다.

궁정 센삐, 전쟁 장관, 누 산이 들어온다.

궁정 센삐 폐하, 동요하실 필요 없습니다.

누 샨   국민은 조용히 혈기를 누르고 있습니다.

전쟁 장관   폐하, 도시의 대문들은 굳건히 우리 손 안에 있습니다.

황 제   당신께 감사드리오. 잠깐, 무슨 일이 일어났는가?

전쟁 장관   폐하, 카이 호는 북쪽 지방[27]에서 수도를 향해 방향을 돌렸습니다.

야우 엘   저장품의 대부분은 당장 없애버려야 합니다.

황 제   이번 일로 나는 물러난다.

총리대신   어떻게요?

황 제   어떻게 물러나냐고?

총리대신   아닙니다, 저장품들을 어떻게 하면 처치할 수 있는지를 여쭈었습니다.

야우 엘   소각하는 것은 불가능합니다. 그러면 냄새가 납니다.

황 제   좋아, 나는 물러난다.

전쟁 장관   군대를 통해 일을 처리할 수는 없습니다. 그러면 반란이 일어납니다.

황 제   나는 물러난다.

침묵. 황제는 참석자들을 의심스럽게 쳐다본다.

---

27) 중국 공산당은 모택동의 지휘 아래 1945~1948년 사이에 남서쪽 雲南에서 시작하여 북경 북쪽 지방에 이르기까지 세력을 확장했다. 오직 북경과 남쪽 지방만 1949년 국민당-공산당 내전 끝까지 장개석의 지배 하에 있었다.

황 제   당신들은 그것에 대해 깊이 생각해볼 수 있겠지만, 그러나…

(아무도 말을 하지 않자, 그는 천천히 걸어나간다)

전쟁 장관 폐하는 안돼.

야우 엘   기대하지 마십시오, 저는…. 저는 한 번도 형님에게 반대하지
못할 겁니다…. 제게 부탁하는 것은 완전히 무의미…. 때가 오
면 제가 황제로 올라가리라는 것…. 저를 몰아치지 마십시오,
저는 어떤 명예심도 없습니다…. 혹시 지극히 위급한 상황이
라면 몰라도, 황가(皇家)의 이유들 때문에…. 제가 여러분들을
믿을 수 있겠습니까? 저의 형님을 체포하시오, 장군. (퇴장)

총리대신   폐하!

모두 고개 숙여 인사하고 퇴장한다.

황 제   (다른 문으로 들어오며) 그 문제를 깊이 생각해 보았는데… (모두 나
가버린 것을 본다) 이건 정말 믿을 수 없어. 여기서는 대체 황제
대접을 어떻게 하는 거야? (바깥에서 들리는 북소리. 황제는 창가로
달려간다) 무엇 때문에 보초가 무기 있는 데로 모이는 거지? 야
우 엘! 그가…. 다음 번에는 나의 집 안에서도 말을 신중히 골
라서 해야겠다! 나는 곧장….

투란도트가 시녀들과 고거 고와 함께 들어온다.

투란도트   아버지, 예전에 보았던 가장 똑똑한 남자들 가운데서 한 명을 여기 데려왔습니다.

황 제   당신 호주머니에 잔돈 있소?

고거 고   지금은 없습니다.

투란도트   무엇 때문에 잔돈이 필요하세요?

황 제   여행을 떠나야겠다. 나는 물러났다, 마음의 평정을 잃어버린 순간에. 야우 엘이 곧바로 황제로 승격되었다. 물론 그건 합법적이 아니지. 민중은 자기들의 정권을 선택할 수 있어야 한다.

고거 고   (이따금씩 창 밖을 내다보다가) 그게 무슨 뜻입니까, 민중이 자기들의 정권을 선택할 수 있어야 한다는 것이? 그러니까 정권이 그의 민중을 선택할 수 있습니까? 그럴 수 없습니다. 폐하께서 선택권을 가지셨다면, 바로 이 민중을 선택하셨겠습니까?

황 제   물론 아니지. 그들은 오로지 자기들의 안락만을 생각하고, 또한 우리들의 수입에 대해서는 터무니없이 요란을 떨지.

고거 고   민중은 일반적으로 위험성이 있습니다. 그들은 국가에 피해를 주고 있습니다.

투란도트   똑똑해. (고거 고에게) 당신의 의견에 따라 아버지가 해야 할 일을 말해주세요.

고거 고   아주 간단합니다. 저는 유감스럽게도 그다지 쉽게 해결되지 않는 개인적인 문제들을 갖고 있을 뿐입니다. 폐하는 물론 폐하의 문제들을 갖고 계십니다. 저희에게는 시간이 많지 않으니

간단히 말하자면, 폐하는 솜에 대한 질문에 대답하실 필요가 없고, 질문을 금지시키셔야 합니다. 아니, 보초가 물러나다니!

황 제 알겠네. 그게 정말 훨씬 쉽겠군.

고거 고 보초가 물러난다면, 제가 진 것입니다.

투란도트 아버지, 보초가 물러나는 것을 당장 금지시키세요!

황 제 (흥분하여 일어서고-그리고 나가면서) 당신 말은 무언가 그럴듯하군. 그건 내가 처음으로 들어보는 이성적인 말이오, 그런데 당신은 센삐 모자를 안 쓰고 있군. 나는 보초를 더 이상 금지시킬 수가 없소.

투란도트 아바마마, 저는 지금 이런 생각들이 고거 고씨의 것이라는 점을 말하고 싶어요, 소녀는 아바마마를 알아요. 고씨는 이로써 센삐 협회와의 경쟁을 시작하고, 모든 권리들을 갖고 있어요. 아바마마는 이 점을 이해하셨겠죠?

야우 엘, 전쟁 장관과 궁정 센삐가 들어온다.

야우 엘 여기 보십시오. 왜 저의 형님이 아직도 체포되지 않았습니까? 당장 총을 쏘시오!

전쟁 장관 (황제에게) 궁전 쪽으로 민중 무리가 몰려옵니다. 국민과 함께 음모를 꾸미셨습니까?

황 제 또 다시 이 질문들 중의 하나인가? 그리고 규정에 있는 연설도 없이!

고거 고   그것은 끝났습니다. 크루 키[28]와 다른 사람들.

투란도트   댁들은 도대체 이 민중 무리들이 무엇을 하려는 지를 알아요?

야우 엘   그들은 우리를 목매달아 죽이려고 하지, 바보 같은 것들. 민중
떼들이 다른 것 할 게 있겠어?

황 제   그건 맞아.

고거 고   (갑자기) 여러분께서 주목해 주셨으면 합니다. 선동되고 흥분된
사람들이 문제가 되고 있습니다. 제가 여기 있다는 것을 그들
이 아는 순간에는….

야우 엘   사람들이 당신을 안다는 것을 말하려고 합니까?

고거 고   그렇습니다.

황 제   자, 그러면 그들과 함께 말해 보시오.

고거 고   그것은 불가능합니다. 제가 그들 손으로, 그들 앞으로 나가면,
즉 제가 손에 아무 것도 들지 않고 나가면….

황 제   그건 무슨 뜻이오? 당신이 하려는 것을 차분히 설명해보시오.

전쟁 장관   예, 모든 것을 찬찬히 말해보시오.

야우 엘   모든 것을!

고거 고   그 말 잘 나왔네. 하지만 제 자격이 무엇입니까?

황 제   여보게, 나는 당신의 제안들을 근본적으로 곰곰이 생각해 보

---

28) 크루(Kru)는 크루커(Krukher)의 축소형. 크루커는 히틀러의 나치당인 국가사회주의당
(NSDAP)의 초기(1923)에 이미 가입했던 그레고와 오토 슈트라서(Greogor/Otto Strasser) 형제
를 암시한다.

앉고, 당장 그것에 상응하게 행동하도록 당신에게 임무를 부여하겠소. 나는 당신을 신뢰합니다. 나는 약간의 간식을 먹기 위해 잠시 몇 분간 나의 휴게실로 피신하겠소.

고거 고 폐하, 저는 그것을 결코 잊지 않겠습니다.

　　황제는 야우 엘, 투란도트, 궁정 센삐와 함께 퇴장. 뒤에서 소란.

고거 고 (전쟁 장관에게) 각하, 장관님의 장식띠를 부탁드려야겠습니다. (장관이 이해하지 못하자) 각하, 삶과 죽음이 장관님의 침착한 마음 상태에 달려있습니다. 장관님의 장식띠를 부탁합니다. 각하, 제게 굴욕적으로 무릎을 꿇는 일은 없어야겠지요. 불행한 남자가 장관님 앞에 서있고, 장식띠를 부탁드립니다. (그는 반신반의하는 사람에게서 장식띠를 빼앗아서 그것을 완장으로 찢는다)

　　호위병 두 명이 세 명의 다른 노상 강도들과 함께 들어온다.

호위병 1 괜찮으십니까?

고거 고 찾았나, 왜? (전쟁 장관에게) 이들이 저를 찾았답니다. 동료들, 중국은 너희들의 업무를 기대하고 있다.

호위병 1 농담하지 마십쇼.

호위병 2 허튼 소리 그만하세요.

고거 고 아주 옳은 소리야, 허튼 소리는 이제 끝. 농담은 충분히 교환
되었습니다, 각하! 동료 시민들의 재산을 강탈하는 것을 공공
연히 자행하며, 국가의 신성한 질서를 파괴했던 무법적인 요
소들이 자유롭게 돌아다니는데, 그동안 거칠지만 황제의 심복
인 남자들이 무장해제된 채 보고만 있어야 합니다. 저는 황제
의 전권 위임을 근거로 이 남자들의 무장을 요청합니다. 그리
고 황제의 무기고들로부터. (호위병들에게 가서 그들의 팔에 장식띠
조각을 완장²⁹⁾으로 근엄하게 묶어준다) 질서의 수호자로서 너희 모두
는 감히 반역하는 자들을 미친 듯이 신들린 듯이 배를 걷어차
거라. 급료는 보통 경찰의 두 배.

호위병 2 잘 알았습니다, 대장님.

황제가 조그만 찻잔을 들이키며, 다른 사람들과 함께 되돌아온다.

황 제 이제 어떤가?

고거 고 폐하, 이런 역사적 시간에 저는 황제께 저의 옛 전우들인 크루
커 크루 형제³⁰⁾들을 소개드립니다. 황궁 주변에 있는 민중 무
리들에게 있어서는 황제 폐하께 마음과 온몸을 바치는 믿을
만한 저의 전우들이 긴요하게 필요하다고 확신합니다.

---

29) 나치 돌격대(SA)들이 팔에 매던 나치 십자가 완장을 암시함.
30) 조금 앞에서 언급된 크루(Kru)에 대한 주석을 참조.

황 제 친애하는 고거 고, 당신은 나를 감동시키는구려. 무엇보다도 긴급하게 보호받아야 할 황가의 창고들이 문제이오.

고거 고 폐하, 제게 24시간을 주십시오, 그러면 폐하는 아주 달라진 수도를 보시게 될 겁니다.[31]

야우 엘 창고는 어떻게 할 겁니까?

황 제 질문을 금지시킨다. (전쟁 장관에게) 내 동생을 체포하시오, 장군!

투란도트는 박수를 친다.

야우 엘 형님은 퇴임했잖습니까!

황 제 최종적으로는 아니야. (악의에 차서) 너는 그러니까 내게 총을 쏘라는 명령을 내렸지?

야우 엘 바보 같은 소리. 사람들이 흥분해서 말을 많이 한 거야.

고거 고 (열렬히) 폐하, 폐하의 명령을 가차없이 수행하는 것이 저의 임무이겠습니다.

전쟁 장관 (그의 앞으로 오면서) 황제 폐하….

야우 엘 형님은 나를 빼고는 별 볼일 없는 장사를 하게 될 거야. (그는 분노에 차서 전쟁 장관과 함께 퇴장하고, 그 뒤를 호위병 1과 두 명의 노상

---

31) 1933년 2월 1일 히틀러의 연설 '독일 민족에게 제국정부의 호소'에서 나온 말을 암시. 당시 히틀러는 "이제, 독일 민족이여, 우리에게 4년간의 시간을 주시오, 그리고 나서 우리를 판단하고, 심판하시오!"라고 말했다.

강도가 뒤따른다. 문 아래서 총리대신과 누 샨이 야우 엘을 만난다. 이들이 꾸벅 머리 숙여 인사하다가, 황제를 보고서는 경악하며 황제 앞에서 머리를 숙인다)

황 제　나는 다시 정권을 확고하게 장악했소, 귀한 분들이여, 당신들과 담판지을 것이오. 현재 사건들이 잇달아 터지고 있소.

총리대신 뒤에 의복제작자 대표가 그의 센삐와 나타난다.

의복제작자 대표　총리대신 각하, 아침 접견 때 폐하께서 센삐 회의의 실패로부터 결론을 내리신다고 말씀하셨습니다.

황 제　그렇지. 너는 체포되었다.

고거 고　나를 따라오시오. (누 샨을 보며) 이 분은 누구입니까?

총리대신　센삐 협회 회장 누 샨 씨입니다.

고거 고　센삐군. (소리치면서) 당신은 체포되었소! 누구나 알다시피, 여기서 매우 위험한 의견 장사꾼들이 문제시되고 있습니다. 정확히 말해서, 아주 위험한 의견들을 갖고 장사하는 사람들 말이오. 누가 어떤 의견에 대해 돈을 받는다면, 나는 아무 말도 안 합니다. 나의 통치 하에서 국가는 의견들에 대해 심지어 더 많은 돈을 지불할 것입니다. 그러나 내게 맞는 의견들에 대해서 말입니다. 도대체가 이 끊임없는 생각 따위들이 내게는 거슬립니다. 더 많이 아는 사람들에게는 그저 예의와 존중이 있으면 됩니다. (소리치며) 끌고 가!

투란도트　(기뻐하며) 고거 골!

황제의 모친이 생강 냄비를 들고 뛰어 들어온다.

7a. 皇宮의 정원

고거 고는 자기 부하들을 향해 서 있다.

고거 고 방금 전에 확인된 대로, 황가(皇家)의 창고에는 천정까지 솜이
가득 차 있다. 최근 며칠 전에 끝난 회의에서는 파렴치한 분
자들이 솜이 없다는 사기성 있는 주장들을 유포시켰다. 그들
은 마땅한 벌을 받으러 끌려갔다. 마찬가지로 황제의 동생,
야우 엘은 자기 황가 형제의 배후에서 이 솜들을 숨겨 놓았
는데, 체포되어 총살당했다. 그는 자기의 범죄를 은폐하기
위해 솜의 일부를 소각하려고 했다. 이 무시무시한 계획은
그 이상 실행되지 않았다. 동지들! 어떤 볼썽사나운 군부 패
거리가 지금 너희들과 너희들의 업무가 더 이상 필요치 않다
고 황제를 설득하려고 시도하고 있다.[32] 그래서 나는 이미 우
리 운동의 초기 때에도 그랬듯이 명백한 본보기를 확립하는
것이 황제의 허락 하에 자명하게 강요되고 있음을 본다. 그

---

32) 1932년 독일 제국 수상이 나치 돌격대의 해체를 제안한 것이 암시되고 있음. 1932년 4월 14일
독일 제국 대통령은 이런 조치에 동의했으나, 두 달 후에 이것은 취소되었다.

고거 고와 황가 · 지식인들 , 이태리 살레르노 아테네오 극단 공연, 2009

건 바보조차도 알고 있는 바로서 우리의 충분하고도 정력적
인 보호 없이는 어떤 재산도 안전하지 않다는 것이다. 이런
목적을 위해서 너희들은 오늘 밤 창고의 한 부분을, 대략 반
정도를 불질러야 할 것이다.[33] 너희의 의무를 수행하라!

---

33) 독일에서 히틀러 집권 직후 1933년 2월 27일 밤 베를린의 제국의회 건물에서 발생한 방화 사
건을 암시.

8. 센삐 小市場

넓직한 탁상에 센삐들은 두꺼운 책들을 펼쳐 놓는다.

행인들이 1원을 내면 한 장을 읽게 해준다.

일반교양 센삐   오늘도 내일도 바보 같은 놈은 뼈빠지게 일만 하고

없는 것은 땀 뻘뻘 흘려도 얻어지지 않네.

그가 가진 것은 무엇일까, 걱정거리뿐이다.

그건 그 사람이 무식하기 때문이지.

그래, 말(馬)이 없으면 말발굽 밑에 깔린다.

말이 있어야 그래, 같이 가지.

모든 직업에서나 지식이 중요해

뭣 좀 알아야 자기 몫을 얻잖아.

노파 한 명이 1원을 내고 책 속을 들여다본다.

센이 에 페 소년과 함께 들어온다.

에 페   할아버지, 저도 저런 센삐가 되어야 하나요?

센	우리는 돈을 아직 안 썼다.
에 페	개구리 한 마리 사면 안 돼요?
센	에 페, 센삐의 뭐가 싫으냐?
에 페	나쁜 사람 같아요.
센	저기 저 다리 좀 보아라. 누가 만들었는지 알어?
에 페	황제요.
센	아니다. 생각해봐.
에 페	벽돌 아저씨 아니에요.
센	그래. 다시 생각해 보아라. (사이) 건설 노동자들이 다리를 세웠지, 하지만 방법은 센삐가 말해주었다. 듣기만 했지만, 그들의 지식을 캐내지는 못한다. 여기 지금 지식이 널려 있는데, 다만 좀 비싼 것 같거든. 이번에도 잘 안되면, 당연히 폭력을 써서라도 없애버려야겠지. (그는 망설이며 이 탁상에서 저 탁상으로 간다)

세탁부 네 명이 들어오고, 그 뒤에는 마 고가 있다.

키 웅	그냥 이것을 샀으니 됐어. (그녀는 경제학 센삐에게 새 두건을 보여준다) 면제품이야.
수	부자네.
키 웅	한 달치 봉급이야, 하지만 가치가 있어. (야오에게) 모두들 나한테 어울린다고 하든데. 야오, 너도 그렇게 생각하지?

야 오   아니. 그것을 쓰기에는 너무 삐쩍 말랐어.

키 웅   어떻게 그런 말을 할 수 있어. 재수 없어, 자기만 예쁜 줄 알
         어? 너 예뻐?

야 오   아니, 아니야.

마 고   너는 왜 물어봐? 야오가 사실대로 말하는 거 알잖아.

         키웅이 허탈하게 웃는다.

경제학 센삐   부인들, 특별한 것을 원하십니까?

키 웅   복숭아꽃 세탁소에서 왔는데, 물건 좀 사려고요.

경제학 센삐   부인 여러분! 사업에서 성공의 길입니다? 내 책 좀 보세요,
         그리고 1원을 내고 경제학자의 의견을 알아보세요.
         거대한 상어를 결코 이길 수 없다고
         소매장수 내가 자꾸 들으면
         그러면 조금 남은 나의 머리카락들을 쥐어뜯고
         내게 물어 보겠어, 어떻게 해야 상어가 될까?
         그런 사람으로서 나는 알고 있지, 옛날부터
         보통 사람들이 밥 먹기 위해서 짓밟히는 것을
         그런데 하루 종일 약탈만 하지,
         나는 돌아가는 것을 잘 아니까, 내 몫을 얻지.

키 웅   마 고, 이건 당신을 위한 것이네요 - . 그녀는 세탁소 하나를

갖고 있는데, 아들에게 대형 세탁소를 사 주려고 했어요. 여기서 당신은 돈 모으는 방법을 배울 수 있겠어요.

마　고　차입금 얻는 것에 대해 쓰여있는 곳을 펼쳐 주실 수 있으세요?

의학 센삐　어딘가 아프세요? 몰랐는데 병이 났나요? 의사가 아는 것을 알고 싶지 않으세요? 1원입니다

예컨대, 신장이 아플 때 의사에게 가고

의사는 그의 엉덩이 뒤를 들여다본다

병든 사람은 벌벌 기어나가 버리네

그러나 먼저 돈을 내야지, 의사는 뭣 좀 아니까

무슨 병인지, 그리고

누군가 아플 때 얼마 냈는지

그래, 아무 것도 모르면, 항상 가난뱅이야

무엇 좀 알아야 자기 몫을 얻잖아.

마　고　여기도 들여다보아야겠네, 빨래 때문에 어깨가 쑤시고 아픈데. 하지만 아들을 위해 세탁소 얻는 방법을 알아보는 게 더 좋지. 하지만 요즘 쑤시고 아픈 것도 문제야.

키　웅　쑤시는 데에는 양모 숄이 더 좋아요.

마　고　하지만 그건 15원이야.

고거 고의 호위병 2가 다른 노상강도 두 명과 투란도트의 시녀 두 명과 함께 등장한다.

호위병 2 아, 여기 계시군요, 마 어머니. 이런 건전하지 못한 동네에 계시다니. 우리가 누군지 아세요? (그는 자신의 팔 완장을 가리킨다) 경찰! 걱정하지 마세요, 이제 오늘부터 다르게 돌아갑니다. 마 어머니, 댁의 아드님은 높이 올라가서 황궁에서 기다리고 계십니다. 저기 좀 보세요.

마 고 아이, 참, 공공장소에서 말 걸지 마세요, 친구들이 난처해 하거든요.

호위병 2 마 어머니, 이 아가씨들은 당신과 교제했었다고 자기 자식들과 자식의 자식들에게 말해줄 겁니다. 이젠 가보시죠. (그녀를 잡아끈다)

시 녀 1 귀부인, 이름을 부르지 못하는 그런 높은 분이 댁의 훌륭하신 아드님 측근에서 댁을 많이 기다리고 계십니다.

마 고 틀림없이 내 아들 고거에게 무슨 일이 일어났구나. 고거를 만나야겠다. (그녀는 같이 가려고 한다)

시 녀 1 귀부인, 우리가 저 모퉁이까지 가마로 모시도록 허락해 주십시오. 가마꾼들이 이 더러운 시장으로 오는 것을 거절했습니다.

호위병 1이 삼(麻) 조각 횃불을 든 노상강도 다섯 명과 함께 온다.

호위병 1 너희는 여기서 이 분을 발견했구나. 마 어머니, 위대한 시간입니다! (마 고는 거부하는 손짓을 하고서 호위병 2와 함께 되돌아간다) 여기 아낙네들, 황제의 창고가 어디에 있는지 말하시오.

키 웅 무두장이 다리 뒤에요. (강도들 퇴장) 너희는 무슨 말 할 거지? 나는 꺼림칙한 느낌이네. 수! 우리는 집에 가는 게 낫겠다.

수 (연애생활 센삐의 탁상으로 다가가서) 뒤따라갈게.

연애생활 센삐 연애생활의 비밀들! 은총인가 혹은 나약해진 마음인가? 나는 애인에게 어떤 태도를 취해야 하나?

사랑에는 운명이 두 가지

하나는 사랑 받고, 하나는 사랑 주고

하나는 향유(香油)를 받고, 하나는 매를 맞는다.

하나는 받고, 하나는 주는데

열정이 붉게 타오르면, 얼굴을 감추어라.

가슴 아픈 일 고백하기를 금지하라!

사랑하는 그에게 칼을 주면, 죽인다.

그가 너의 사랑을 알면, 그는 이득을 챙긴다.

아가씨, 가까이 오십시오.

너무 늦기 전에 자문을 구하세요.

1원입니다.

수 (지불하며) 내가 그를 끌어안을까요, 아니면 내숭을 떨어야 할까요?

연애생활 센삐 후자입니다, 아가씨, 후자이죠! (그는 우물거리며 낭독한다)

키 웅   수, 무엇 때문에 그것을 읽어 보냐? 그 사람이 그것을 썼고, 그
          가 처녀를 얻을 정도로 이해했다면, 그는 그런 책을 쓸 시간이
          없었을 거야.

센   (경제학 센삐 탁상 앞에서 망설이며 서 있었다) 숙녀분들, 지식을 조롱
          하지 마십시오. 이 책이 저의 관심을 끌지 않았다면, 나는 무
          조건 여기서 그것을 공부했을 겁니다. 나는 어느 누구에게도,
          또한 자기 자신에게도 기쁨을 사양해서는 안 된다는 입장입니
          다. 저 아가씨는 왜 웃지요?

          그는 웃는 야오를 보고 웃는다.

키 웅   (경고하며) 야오, 너 대답하지마.

센   아니지. 항상 대답을 하지 않으면 안돼.

야 오   당신이 그것을 할 수 없으니까 웃어요.

센   (역시 웃으며) 그건 그래, 하지만 아무에게도 말하지마. 호랑이를
          못 잡으면 아마도 고슴도치라도 잡아요. 자기를 위해 배우지
          않으면 남을 위해서라도 배워야지. (소년에게 갑자기 가며) 이 아
          이는 빨리 자라요.

          센삐들 사이에서 소란. 모두들 뒤를 돌아본다.

키 웅   봐, 저기 불났다. 저건 다리 뒤인데.

센   솜 타는 냄새가 나는군.

센삐들   탁자를 치워버리자. 소방수들이 오면 전부 밀치고 지나간다.
– 소방수가 안 오네 –. 무슨 소리야?

고거 고와 총리대신이 무장한 사람들과 함께 등장한다.

고거 고   의복제작자들과 無衣服者들이 센삐들과 연합해서 방화했음에
틀림없다. 그것은 반란을 일으킨 카이 호에 대한 신호의 불이
분명하다. 나는 이제 가장 엄중한 조치를 취할 것이다. 무엇보
다도 정신적 방화범[34](좌경 분자), 그 먹물들을 없애버려야 한
다. 국가를 망치는 것이 있는지 책 속에 있는 모든 것을 검색
하라.[35] (총리대신과 함께 퇴장)

무장군인 1   (의학 센삐에게) 이 책 속에는 뭐가 있지?

의학 센삐   (떨면서) 소모성 질환이나, 혹은 뼈 골절에 관해서 배울 수 있는
것입니다.

무장군인 1   뭐? 뼈 골절? 뼈 골절에 대해 헛소리하는 것을 중지한다. 이건
경찰에 거역하는 거야. 체포! (책을 땅바닥에 던지고 짓밟는다)

---

34) 나치의 진보 좌파, 공산주의 지식인에 대한 비방을 암시.
35) 독일에서 1933년 5월 10일 나치의 서적 소각사건과 이와 연관된 도서관과 서점의 '정화' 조
치를 암시.

센　　　　(그를 저지하려고 하면서) 그걸 짓밟지 마시오, 유익한 것입니다.

무장군인 1 (그를 내리치며) 개자식! 저 놈은 국가권력에 폭행을 가했어 (다른
　　　　　　일반교양 센삐에게) 이건 무슨 개똥같은 거야? 사실대로 말하라!

일반교양 센삐　지식입니다, 대위님.

무장군인 1 무슨 지식이야? 솜에 대한 것인가, 응?

일반교양 센삐　(머리를 흔들며) 그건 일반교양에 관한 것이 아닙니다, 대위님.

무장군인 1 너희 악당들은 방화범들과 한 통속이야. 황제에 대한 반역을
　　　　　　부추켰어.

일반교양 센삐　높은 분들이나 그랬겠죠, 그런데 그들도 아니겠죠.

무장군인 1 여기서 삼베 조각 횃불을 들고 다니는 놈을 보지 않았어?

일반교양 센삐　팔완장을 한 사람들이 지나갔습니다.

　　　　　다른 방향에서 팔완장을 하고, 삼베 조각 횃불을 든 강도 한 명이 온다.

강　도　　대위님, 센삐 찻집에서 카이 호의 지지자 두 명이 목격되었답
　　　　　니다.

무장군인 1 이 작자 같은 자들인가?

　　　　　일반교양 센삐는 소스라치며 머리를 흔든다.

무장군인 1 삼베 조각 횃불을 든 사람들을 보았습니까?

키 웅 (야오 앞으로 가서) 못 보았어요.

야 오 키웅, 대위가 하나 들고 있던데.

키 웅 그건 막대기야, 경찰이 갖고 있는 것. 가자. 야오, 수, 가자.

무장군인 1 대체 어디로? 혹시 너는 여기쯤에서 더 많이 보았을 텐데? 이런 사람말야?

야 오 다섯 명요. 그것은 막대기가 아니죠.

무장군인 1 물론 그건 막대기야.

그는 야오를 내리치고, 무장군인들이 그녀를 끌고 간다.

연애생활 센삐 (센을 일으켜주며) 울지 마라, 아이야, 할아버지는 괜찮다. 저들은 자기들이 불 질러 놓고서 그걸 본 사람들을 체포하고 있다.

일반교양 센삐 그리고 이 책도 금지시키려고 해. 내가 먹고 사는 책인데, 작은 벌이에 불과하지만. 잡동사니이고, 그들에 대항하는 건 진짜 한 마디도 없어! 자기들 주먹이나 빨고 있는 작가들이고, 자기들의 수입에 대해서나 생각하는 어용 철학자들이야! 잡동사니, 쓰레기야!

센 열내지 마시오, 당신은 그걸로 먹고 살았잖소.

일반교양 센삐 사기꾼처럼!

센삐 학교의 서기 (머리에서 피를 흘리며 뛰어온다) 수, 몇 시간이나 너를 찾고 있었어.

수 (그의 팔에 안기며) 왕씨! 안기면 안 되는데. 이 사람이 바로 그예요. 책에 쓰여진 대로 행동하지 못하니 용서해주세요.

일반교양 센삐 어떡하다가 다쳤어요?

서 기 나는 센삐 학교의 서기입니다. 서기였죠. 센삐 협회궁전은 고거 고의 무리들이 점령했습니다. 그들은 경찰로 수용되어 도장 찍힌 팔완장을 받았습니다. 센삐 대회의가 열렸을 때 국가 기밀이 폭로되어서 센삐 협회는 황제를 모독했다는 죄를 뒤집어쓰고 있습니다. 바로 지금 중국 역사에 관한 3000 의견들이 소각되고 있습니다. 이 책들 속에서는 7세기 때 패배에 관한 서술이 있대요. 누 샨은 목 매달려서 죽었어요. 고거 고가 5시부터 수상이 되었는데, 3 곱하기 5가 몇인지도 모른다고 해서 그렇게 되었어요. 나도 그걸 증명할 수 있으니 위험해요. 이건 모두 카이 호가 이미 사천성(四川省)에 와있기 때문입니다.

키 웅 (센삐들에게) 모자 없애는 방법을 생각해봐요.

연애생활 센삐 그런데 어디로 버리나? 나는 도시 변두리 끝에 사는데.

경제학 센삐 (키웅에게) 그럼, 내 것을 가져요. 나는 좀 더 멀리 사니까.

연애생활 센삐 내가 먼저 당신에게 부탁했소.

경제학 센삐 아가씨, 지식을 위해 무언가 하십시오.

키 웅 이리 주세요, 가련한 분들. (그녀는 모자를 치마 속으로 감춘다) 순이가 이런 지금 나를 본다면, 내가 임신했다고 생각하고 나를 더이상 안 보려고 할거야.

일반교양 센삐 조합들이 그것을 받아들이지 않을 거야. 이제 그들은 단결할 것이다.

무장군인들이 의복제작자 대표와 그의 센삐를 포박하여 데리고 온다.

무장군인 황제께 질문하는 법을 가르쳐 주겠다.

의복제작자 대표 거기에 대해 너희들은 많은 것을 가르쳐야 할 것이다. (두들겨 맞는다)

강도들이 無衣服者 대표와 그의 센삐를 포박하여 데리고 온다.

강 도 너는 아직도 우리의 지도자가 창고에 불을 질렀다고 혐의를 씌울 작정이냐?

無衣服者 대표는 두들겨 맞는다.

무장군인 어이, 너희들! 곧장 우리와 함께 가축우리로 가자, 너희들도 거기 속하니까.

강도들은 몸을 돌리고, 두 포로들은 호송된다.

無衣服者 대표　우리는 그것을 알지 못합니다!

서 기　아가씨, 우리는 어디로 가야합니까?

키 웅　세탁소로요. 혹시 마 아줌마가 누군가를 거기로 보낼 거예요. 궁전으로 그녀를 모셔갔고, 그녀의 아들 고거는 장관이 되었으니, 그녀가 아마 불쌍한 야오를 구해줄 수 있을 거예요. 야오가 또 사실을 말했어요, 내가 막을 수 없었죠. 우리는 저 노인도 데려가야 해요. 그가 두들겨 맞아서 생긴 혹을 보실 수 있죠, 그는 국사범(國事犯)으로 끌려갈 수도 있어요.

센　(자기 책에서 특정한 부분을 열심히 찢어버리고 있는 경제학 센삐에게) 대체 무엇을 그렇게 찢어내는 거요?

경제학 센삐　소액 수입에 관한 부분들요.

센　내가 그것을 살까요?

일반교양 센삐　(자기한테 오라고 센에게 신호하며, 소리를 죽이며) 노인장, 댁을 이해합니다. 그러나 여기 댁을 위해 더 좋은 것이 있습니다. (상의 주머니에서 소책자[36]를 꺼내며) 아무한테도 보여주지 마세요, 그건 카이 호의 책이니까.

센　예, 내가 그것을 살까봐요.

키 웅　차라리 우리와 같이 도시 변두리로 가세요. 할아버지는 그 책

---
36) 모택동의 어록집을 암시함.

을 읽을 수 없어요.

센   다른 사람들이 읽을 수 있습니다. 여기 내가 솜값으로 받은 돈
이 있어요, 여행 온 보람이 있군.

센은 센삐에게 보따리를 주고 키웅과 서기와 함께 가버린다.
연애생활 센삐는 자기 책을 나르면서 그들에게 합류한다.
일반교양 센삐는 주저하며 남아있고, 의학 센삐는 짓밟힌 자기 책 위에서
훌쩍이며 웅크리고 있다.

8a. 皇宮의 정원

투란도트의 시녀 두 명이 청동 욕조를 들고 나온다.

시 녀 1 (욕조를 내려놓으며) 이렇게는 정원을 지나가지 못하겠네. (그녀는
가슴받이를 풀어버린다)

시 녀 2 그 쌍년이 너를 보면, 너를 채찍질 쳐줄 거야.

시 녀 1 그 바보 자식에 대한 질투야!

시 녀 2 회의장 쪽 복도에서 그가 나를 특별히 쓰다듬도록 했어, 거기
좁은 곳에서 말이야. 그가 뭐라고 했는지·알아? "실례합니다"
의례적인 말이지.

시 녀 1 투란도트는 자기가 그를 사랑한대, 그가 똑똑하기 때문에.

시 녀 2 자신이 그를 열렬히 원하기 때문에 그가 똑똑하다고 말하는 거야.

시 녀 1 맞아. 누런 개처럼 영리한 개도 있지. 그러나 의젓한 개는 없
어.

그들은 욕조를 다시 들어올리고 안으로 옮긴다.

9. 복숭아꽃 세탁소 앞

세탁소 앞에서 노인 센이 두레박 위에 앉아 있고, 소년이 그의 이마 붕대를 식혀준다. 그들 옆에는 키웅이 센삐 모자를 둥그렇게 꿰매고 있다. 다른 편에 폭이 좁고 높은 집 앞에는 무기 대장장이가 서 있고, 1층에서 보이지 않게 진행되는 어떤 작전을 지시하고 있다. 그 옆에 센삐 카 뮈가 음악 악보 꾸러미를 들고 있다. 아주 가난한 동네다.

카 뮈 선생, 이것은 모두 명작입니다! 선생은 이들을 보존하셔야 합니다, 나는 여행 가서요. 이건 옛날 음악입니다. 중국 고유한 것이 아니어서 위협받고 있어요. 또 현 정부가….

무기 대장장이 더 이상 아무 것도 받아 보관할 수 없습니다. 사람들이 벌써 내게 정의의 여신 조각상을 속여서 팔아 넘겼어요, 2층 높이만큼 크지요. 우리는 천정을 뚫어야 했습니다. 어이, 그것 천천히 돌리라구!

카 뮈 여기 이것은 새로운 현대 음악입니다. 민중적이 아니라는 이유로 탄압 받고 있습니다.

센 그건 필요 없을 텐데. 민중은 전혀 민중적이려고 하지 않아.

무기 대장장이   (하품하면서) 좋아요, 그걸 내 침실로 가져가지요. 억압당하고
              있으니까. (그는 카 뮈를 집으로 들어가게 한다)

부 인   (위층에서부터 소리치며) 뤼 상 씨, 그게 혼란스럽게 있는 걸 용서하
              세요, 하지만 아이들이 정말로 그들의 얼굴을 무서워하네요.

카 뮈   (짐꾸러미 없이 나오면서) 감사합니다! 감사합니다! (그를 끌어안는
              다) 당신은 중국을 위해 좋은 일을 하는 겁니다! (빨리 퇴장한다)

센   내가 당신처럼 젊었을 때, 마을 목수가 플루트 연주하는 멜로
              디만을 내내 들으려고 했지. 요즘은 음악을 다양하게, 항상 무
              언가 새로운 것을 듣고 싶어.

무기 대장장이   분명 많은 노력을 해서 만든 것을 어떻게 망가뜨릴 수 있는
              가! 이렇게 많은 중요한 부분들을 그려넣다니!

부 인   (창가로부터) 금지된 사람은 수도에서 백 마일 바깥에 있어야 한
              다는 것을 들었어요?

센   그렇게 크게 악쓰지 마시오!

              마 고가 야오와 함께 온다.

마 고   (멀리서 소리치며) 키웅! 수! 안녕, 뤼 상. 여기서 우리 다시 보는
              구나. (집에서 키웅과 수가 나온다. 서로 부둥켜안는다) 야오는 꽤 눈치
              가 있어서 자기가 나의 세탁소에서 일한다고 그 패거리에게
              말했어. 그녀가 말한 다음에 내가 더 말해주지 않을 수 없었

지. 하지만 어쨌든 나는 못 참았을 거야. 고거는 정신이 나갔어, 그는 지금 세상을 지배하고 있지. 그가 옛날 직업을 갖고 있을 때 나는 그를 자랑스러워했지만, 지금은 부끄럽게 생각해. 그들은 내가 궁전에서 편안하게 지내기를 원하지. 오늘 아침 일찍이 그들은 버새 50마리가 들어갈 정도로 엄청 큰 나의 방에 깔린 푸른 카펫 위에다가 박물관에서 가져온 청동 세탁통을 갖다 놓았어. 그리고 총리대신은 이렇게 말했지. '높으신 부인, 세탁할 때만큼은 편안하시라고 댁의 지고한 아드님께서 말씀하셨습니다. 마음껏 세탁하십시오!' 라고. 나는 그를 발로 한 번 걷어찼지, 그러나 나는 그러지 말았어야 했어. 그가 바깥에 있을 때, 하인 한 명이 들어와서 마음껏 걷어차라고 내 앞에서 엉덩이를 쭉 내밀었어. 황궁 전체 안에서 유일하게 이성적인 인물은 황제의 모친이야, 그 분은 자기 아들에 대한 자기 생각과 특별한 과자 만드는 방법을 말해주었어. 그런데 사람들은 그 분이 돌았다고 생각해! 나는 고거에 대한 처방을 파악했어. 나의 차($\ast$)를! 이 사람은 누구지?

키 웅   이 분은 솜 생산지에서 오신 아샤 센 씨입니다, 공부하려고 수도로 먼 길을 왔습니다.

센   (변명하듯이) 남들은 제 머리로는 공부할 수 없다고 말하지만, 이 혹이 증명하듯이, 그래도 저는 공부할 머리가 있습니다.

수   도대체 웬 끔찍한 혹이야!

야 오   아주 크지는 않으니까 금방 나을 거야.

키 웅   (그녀를 껴안으며) 야오, 너는 예의가 없어.

         1층의 종이 창이 두 조각 나고, 청동 손 하나가 바깥으로 나온다.
         그 안에 커다란 천칭[37]이 뒤집어져서 걸려있다.

무기 대장장이   조심 좀 하거라, 바보들아!

목소리   (안에서) 팔을 위한 자리가 없다!

센   그들은 문화재를 보관하고 있군, 문화재를 뭐라고 부르던 간
      에. 동쪽 문에서 나는 보이지 않는 신을 모셨던 절 앞에 있는
      센삐 한 명을 만났지. 이제 신이 그를 보호하려고 사슬로 묶어
      서 아마 도시 외곽으로 데려갈 거야.

      헐벗은 사람 세 명이 좁다란 집에서 커다란 짐들을 들고 나온다.
      갑자기 그들은 달리기 시작한다.

에 페   (센의 팔을 잡아끌며) 할아버지, 군인들이에요!

      모두들 신속하게 집안으로 들어간다. 마침 무기 대장장이는 위층 창문에
      서 정의의 팔 위로 카펫을 던져 내려뜨리고, 그때 무장군인 두 명이 골목

_____
37) 正義의 女神 유스티티아(Justitia)의 상징인 천칭을 말함.

아래로 순찰을 다닌다. 그들이 가버리면, 뒤에서 한 노점상인의 외침이 울린다. "솜! 솜이요! 솜 사세요! 국가 반역범 야우 엘의 창고에서 나온 솜입니다!" 위층 창으로부터 부인이 내려다본다. 거리 아래쪽으로 노점상인이 무장군인 한 명의 보호를 받으며 솜 재료를 실은 수레를 이끌고 온다.

노점상인   솜이에요! 솜! 처형된 야우 엘의 불타는 창고들에서 발견되었습니다! 일년 수확량의 절반이 불태워졌어요! 물가는 오르고! 솜 값이 뛰기 전에 사 놓으세요! (아무도 물어보지 않자, 그는 계속 간다. 그의 목소리 "솜이요! 솜이요!"가 여전히 들린다)

부 인   이제 너희들은 솜을 얻을 수 있지. 우리는 먹을 게 없어, 그런데 신발이 어디 있지? 금지된 사람은 이미 모든 것을 조달해줄 거야.

그녀는 창문을 닫아버린다. 수와 서기가 나온다.

서 기   너무 울지 말아요, 오늘밤에는 약간, 그러나 내일은 안 그런다고 약속하세요.

수   내일은 한 번.

서 기   좋아요. 내가 3주일 후에도 돌아오지 않으면, 다만 돌아서 오는 것일 뿐이야.

수   대체 거기로 가는 길을 어떻게 찾을 거야? 그리고 이런 낡은 신발을 신고서!

서 기   저기에서 베틀 짜는 사람을 알아요, 그는 오늘 다른 세 사람과
         함께 떠나요. 그리고 벌써 남들이 보기에 수천 명이에요.

수   하지만 왕, 당신의 신발이 좋지 않아요. 어떻게 하지?

센   (소년과 키웅과 함께 나오며) 잠깐만 기다릴 수 있소? 그러면 같이
         갈 수 있을 텐데.

수   할아버지는 북쪽으로 가시잖아요, 저 사람은 가까운 데로 갈
         뿐인데요. 그런데 그의 신발이 안 좋아요, 지금 어쩌면 좋지?

센   그래, 그 신발은 가까운 데 가기에도 충분치 않군.

키 웅   먼 길을 위해 어깨에 걸치는 따뜻한 숄을 드리지요.

         키웅은 그에게 자신의 새 두건을 준다.

센   어떤 부당한 일이 있어도 길에 서 있지 말게, 위험하니까. 강
         물이 골짜기에 넘치는데, 둑은 산 속에서 만들어지고 있네.

서 기   혹시 같이 가실래요? 저는 곧 가야됩니다, 기다리는 사람들이
         있거든요.

센   나는 갈 수 없는데, 생각 좀 더 해보겠소.

서 기   저는 티벳 대문을 통해서 갑니다. 그럼 안녕히 계세요. (뒤로 퇴
         장)

수   왕, 내일에! (집안으로 되돌아간다)

헐벗은 사람 두 명이 들어오고 무기 대장장이 집 문을 두들긴다.
무기 대장장이가 그들을 안으로 들여보낸다.

무기 대장장이   이런 빌어먹을 상황에서는 나의 대장간으로 가기가 어렵잖
아. 위층에서는 바닥의 구멍을 통해 바람이 들어오고. 저기 또
두건 없는 사람들 몇몇이 오네. (재빨리 사라진다)

찻집에서 나온 센삐 네 명이 온다, 웬, 구, 시 카, 모 시

구   아직 여기 계시군요, 아 샤 센씨. 여기가 귀중품을 보관할 수
있는 무기 대장장이 집인가요?

키 웅   그 사람 집은 벌써 꽉 찼어요, 그런데 여러분들은 어떻게 두건
없이 돌아다닐 수 있어요? 여러분들이 센삐 모자를 갖고 있던
것은 모두 알고 있는데, 이제 아무 것도 안 쓴 사람들은 잡아
간대요!

웬   무섭구나. 센삐 찻집은 폐쇄되었어요. 지성은 갈 데가 없군요.

구   그래도 나는 그걸 해야돼. 중국이 예술품들을 잃어버리면, 이
나라는 완전히 거칠어질 겁니다. (좁다란 집 앞에서 두들긴다) 더 이
상 문을 열지 않네. (다른 사람에게 그림 족자를 펴 보이며) 이것은 피
옌의 작품입니다. 12세기 때 것이고, 황하강 언덕이죠. 이 선을
보세요, 이 청색을. 그런데 이런 것이 파괴되어야 하나요?

키 웅   왜 그러죠?

구   그 자들은 언덕이 그렇게 보이지 않는다고 합니다. (구는 그림을 센에게 보인다)

센   그건 맞아, 언덕은 그렇지 보이지 않지. 꼭 그렇지는 않아. 그러나 그들이 모든 것을 그렇게 본다면, 어떤 그림도 필요 없을 거야. 어릴 때 나의 할아버지는 소시지가 어떻게 생겼는지를 내게 보여주셨어. 무어라고 부르던간에, 그 화가는 언덕이 어떻게 보이는 지를 제시하고 있군. 물론 나는 그것을 금방 이해하지 못해. 그러나 내가 다시 어떤 언덕 위에 올라간다면, 미래에 그 언덕은 더욱 더 내 마음에 들 거야. 아마도 그 언덕은 그러한 선을 갖고 있고, 푸르를 거야.

구   그럴지도. 하지만 한참 관찰해 볼 시간이 없어요. 너희는 무기 대장장이를 불러라! 여보세요, 피 옌의 이 그림은 황가 박물관에서 나온 것입니다!

센   그것을 우리에게 준다면! 그러면 그림이 더 안전할 텐데.

마 고   (문 아래로 나오며) 당신을 위해 그걸 숨겨 놓겠어요. 고거의 손으로 넘어가서는 안됩니다. 그는 그것을 찢어버릴 거예요. 사람들이 내 자궁을 불태웠어야 했는데.

키 웅   이 분은 수상의 모친이셔, 너희들 알지.

마 고   당신들은 두려워할 필요 없습니다. 나는 그의 상속권을 박탈할 거예요. 그 그림을 이리 주세요. 그는 자기가 모든 것을 다

안다고 하며, 세상을 지배하고 있어요. 그림들을 잘못 대하고 있습니다, 그는 화가인데.[38]

시 카   건축사들도 불안해합니다.

마 고   예, 나의 아들은 건축사이기도 합니다.

웬   학자가 되었어야 하는데.

마 고   아마 아닐 겁니다. 그는 위대한 학자입니다.

모 시   (그녀에게 지구의를 보이며) 지구의를 여기서 거꾸로 세우실 수 있습니까? 지구가 둥근 것 – 아마 그게 언젠가는 중요하겠지요?

에 페   (센의 팔소매를 잡아끌며) 할아버지, 무장한 사람이에요!

센삐들   저 사람이 우리를 보면 안돼, 우리는 모자를 안 쓰고 있으니까.

마 고   지구의를 이리 주세요. (지구의와 그림을 갖고 집안으로 들어간다)

센삐들은 도망치고, 늦장을 부린 모 시만 남는다.

호위병 2   (와서 수색하며) 그럼 테두리 쳐진 내 눈이 무엇을 보고 있는 줄 아시오? 센삐 한 명. 당신은 대체 모자를 어디다 두었소? 흠, 지금 불안해할 필요는 없소. 이리 오시오. 꺼져, 키웅, 이 오물 덩어리. (센에 대해) 너희들은 여기 세탁소에서 특별 손님을 데리고 있네.

---

38) 히틀러가 자칭 화가이고, 건축사였던 것을 말함.

센   저는 온순한 농부요, 잠깐 좀 생각할 게 있어서 여기 앉아있을
        뿐이오. 시간이 걸려요, 알다시피.

키 웅   들어가지 말아요. 고의 어머니가 물주전자로 당신 주둥이를
        후려칠 거예요. (교태를 부리며 새 모자를 쓰고 집안으로 들어간다)

호위병 2 (모 시에게 친밀하게) 이름이 뭐지?

모 시   모 시입니다, 연설의 왕.

호위병 2 좋아. 여기 우리가 정말로 필요로 하는 것이 있군, 꼭은 아니
        지만…. 너희들이 여기서 만드는 것을 뭐라고 하더라?

모 시   설명입니다.

호위병 2 맞아. 대장은, 응? 결혼했어, 응? 뚫어지게 쳐다보지마, 왜 그
        는 너희들과 같이 있지 않지? 응? 하지만 그가 마침 그것을 할
        수 없나, 그렇지 않아? 삐쭉거리는 사람, 그리고 당신은 양파
        를 더 이상 갖고 있지 않지? 그럼, 그가 너희들에게 뭐라고 할
        까? 함께 가서 그것을 뱉어 봐, 응? (그는 모 시를 데려가 버린다)

        헐벗은 사람들이 무기 대장장이 집에서부터 큰 짐꾸러미들을 갖고 나온
        다. 한 사람은 짐꾸러미들을 떨어뜨린다. 총들과 칼들이 나온다. 그들은
        놀라서 센을 쳐다본다. 하지만 센은 미소지으며, 그들에게 윙크한다. 그들
        은 짐을 싸고 재빨리 가버린다.

센   에 페, 나는 생각을 끝냈다. 신발끈을 조여 다오. 여기서 파는

생각들은 냄새가 난다. 우리 나라에는 부정(不正)이 만연되어 있고, 센삐 학교에서는 왜 그렇게 해야만 하는가를 배운다. 넓은 강 위에 놓이는 석조 다리가 여기서 만들어지는 것은 사실이다. 그러나 권력 있는 사람들은 그 위에서 나태함 속으로 차를 몰고 가고, 가난한 사람들은 하인이 되려고 그 위를 넘어 걸어간다. 치료법이 있는 것은 사실이다. 그러나 어떤 사람들은 부정(不正)을 하도록 치료되고, 다른 사람들은 그들을 위해 죽도록 일하도록 치료된다. 사람들은 생선처럼 의견을 판매하고, 그렇게 해서 생각은 나쁜 말을 듣게 된다. 사람들은 생각한다고 말하지만, 야비함을 생각해내는 것은 아닌가. 그러나 그래도 할 수 있는 것 가운데 생각하는 것이 가장 유익하고 편안한 것이다. 단지 그에게서 무슨 일이 일어나는가? 거기 물론 카이 호가 있고, 여기 나는 그의 책을 갖고 있어. 나는 지금까지 바보들이 그를 바보라고 부르고, 사기꾼들이 그를 사기꾼이라고 부른다는 것만을 알고 있다. 그러나 그가 있었고, 생각했던 곳에서는 벼와 목화가 있는 큰 밭이 있었고, 사람들은 즐거워하는 것 같았다. 사람들이 기뻐한다면, 누군가 생각을 했다면, 에 페야, 그가 제대로 생각했음에 틀림없다, 이것이 그 표시이다. 에 페, 우리는 집으로 가지 않을 것이다, 아직 안 간다. 내가 살아남지 못한다 하더라도, 이제 공부할 것은 좋은 물건은 비싸다는 것이다.

에 페   할아버지, 그들을 총과 칼로 없애버려야 하나요?

센   아니다, 땅과 같이 있는 것처럼 오히려 그들과 함께 있는 것이
다. 사람들은 그에게서 얻고자 하는 것을 결정해야 한다, 수수
인가, 잡초인가. 게다가 사람들은 그와 함께 있고 싶어한다.

에 페   (불만스럽게) 카이 호가 밭을 나누어주면, 항상 센삐들에게 줄
건가요?

센   (웃으며) 이제 아주 오랫동안은 아니지. 우리 모두 넓은 밭을 얻
게 될 것이고, 또한 모든 과감한 실험을 추진할 수 있을 것이
다. 그리고 우리가 밭을 얻는 방법은 여기 쓰여 있다. (센은 그의
소책자를 꺼내서 흔든다. 두 사람은 뒤로 가버린다)

세탁소에서 키웅이 나타난다.

키 웅   (그들 뒤에서 부르며) 잠깐, 노인, 고향은 그쪽이 아니에요! 잘못
된 길로 가고 있어요!

센   아니야, 올바른 길로 가고 있네!

10. 만주의 고사찰(古寺刹)

여기저기서 위아래로 행진을 한다. 턱까지 무장을 하고 팔완장을 찬 군인들과 강도들의 소규모 부대이다. 그사이에 총리대신이 와서 군인들에게 묻는다.

총리대신 반역자의 소재에 대한 새로운 보고가 있습니까?

대 위 아직 없습니다.

총리대신 고객들에게 믿을 만한 하사관들을 붙여주었습니까?

대 위 예, 그렇습니다, 각하.

총리대신 하사관들에게 믿을 만한 비밀정보국 사람들이오?

대 위 예, 그렇습니다, 각하.

총리대신 그런데도 보고가 없어요?

대 위 예, 각하.

총리대신 대위, 나는 절대적인 확신을 갖고 임무수행을 하고 있습니다.

대 위 예, 그렇습니다, 각하.

총리대신에 뒤이어 군인들이 퇴장한다.

전쟁 장관과 센삐 모자를 쓰지 않은 궁정 센삐가 등장한다.

전쟁 장관 최근 사건에 관해 벌써 소식 들으셨습니까? 이름을 밝힐 수 없
는 사람이 단독으로 어느 키 작은 센삐에게 총을 쏘아 죽였답
니다. 그는 그 센삐를 황제 폐하에게 보냈었는데, 무엇인가 해
명하며 두 시간 가량 거기에 머물러 있으라고 했답니다. 그런
데 그 센삐가 바깥으로 나왔을 때, 그는 솜이 어디 있는지 알
았다고 사람들이 말하더군요. 하하하!

군인들 부대가 되돌아온다.

전쟁 장관 본인의 복무 규정을 반복하시오.
대　위 발설한 자는 예식 후에 곧바로 체포된다.

두 사람에 이어 군인들도 퇴장한다. 강도들 부대와 함께 고거 고가 화려한
의상을 입고 등장한다.

고거 고 (호위병 1에게) 너의 명령을 반복하라.
호위병 1 예식 후에 모두 체포합니다.
고거 고 네 동생은 오늘 아침 일찍 나의 직무실 앞에서 보초를 섰다.
그 후에 그와 말을 했느냐? (호위병 1은 머리를 흔든다) 그건 좋아.

그가 누군가를 총으로 쏘았어. 그를 당장 능지처참하도록 해, 알았는가? 그리고 북을 쳐돼, 그가 말하는 것을 남들이 듣지 못하도록 말이야.

호위병 1   예, 알았습니다, 대장님.

고거 고   (부하의 칼을 꺼내서 자기 소매 속으로 집어넣으며) 이게 필요할 거야. 이 궁전에는 오직 음모와 배반만이 있어. 또 있지, 결혼 후에 곧바로 너는 만주 외투를 가져와서 그것을 내게 덮어씌우라. 아무도 그 속에 있는 나를 건드리려고 하지 않을 것이다, 완전히 멍청한 사람을 빼놓고는. 나는 황제께 위험할 때에는 그냥 짐을 싸지 말고, 내게 죄를 전가하시라고 설득할 거야.

황제가 전쟁 장관과 총리대신과 들어오고, 대위와 그의 부하들이 뒤따른다.

황 제   친애하는 고거 고, 내가 좀 늦었군요. 나는 몇 가지 극도로 엄중한 조치들을 취해야 했소, 이러한 상황에서는 보통이지만.

고거 고   그 조치들에 같이 서명하는 것을 허락해 주십시오.

황 제   응? 같이 서명한다고, 물론. 저기 벌써 젊은 신부가 오네.

투란도트가 궁정 센삐와 시녀들과 함께 들어온다. 머리 숙여 인사한다.

투란도트 아바마마, 소녀는 방금 매우 친절한 사람을 알게 되었고, 그
사람과 결혼하려고 합니다. 어제 저녁 때 찻집에서 나오던
센뻬를 말하는 것이 아니에요, 그도 똑똑하기는 하죠. 저는
아바마마가 그에게 한 행동을 아주 나쁘게 생각해요, 고거
씨, 댁은 꼭 불친절하게 해야 하나요? 저는 그 사람을 말하는
것이 아니고, 어떤 장교입니다. 그는 궁전을 보호하는 방법
을 설명해 주었어요, 왜냐하면 저는 현 상황을 아주 진지하
게 보기 때문입니다, 시간 낭비를 해서는 안 되죠. 그와 결혼
해도 돼요?

황 제 아니.

투란도트 "아니"가 뭐예요? 잠시 반한 것이 아니고, 이건 깊이가 있어
요. 이젠 방어가 필요해요, 모든 점에 대해. 그 분은 아바마마
를 위해서도 아주 좋은 사윗감이에요, 그 분은 말(馬)에 대해서
도 많이 알거든요. (장교 한 명이 나타나서 전쟁 장관에게 무엇인가를
전달하려고 시도한다. 투란도트가 말하려고 하자, 전쟁 장관은 그를 물리친
다) 아바마마, 기병이 없는 군대는….

황 제 말들이 궁전을 방어하도록 할 수는 없다. 이제 우리는 예식을
거행하자.

투란도트 아바마마는 정말 이해심이 없어요. 아바마마는 그걸 아셔야
해요, 고거. 한순간은 고통스럽지만, 인생은 계속 되요, 그리
고 아바마마의 전쟁 상처는 곧 다 나을 거예요. 제게 한 번만

호의를 베푸세요, 고집부리지 마시고요. 아바마마, 되겠어요?

황 제   (거칠게) 내가 안 된다고 말했다. (고거 고에게) 물론, 당신이 물러나기를 원한다면….

고거 고   황제 폐하. 역사적인 시간에 저희는 초대 만주 황제의 성골(聖骨) 앞에 복잡다단한 감정을 갖고 서있습니다. 저는 단순한 사람입니다. 저는 고상한 어법을 사용할 줄 모릅니다. 그러나 폐하께서는 민중의 아들에게 황제의 권좌를 보호하는 과제를 부여하셨습니다. 그리고 황제 폐하께서는 제게 마음을 주셨습니다. 이 어려운 시기에 신뢰보다 더 중요시되는 것은 없으므로, 그런 신뢰를 정당화하지 않는 것은 제게 어울리지 않습니다. 불행히도 폐하의 고귀한 동생분이 현혹되어 황족의 명예를 시험대 위에 올려놓았을 때, 저는 관련된 창고들을 곧장 가차없이 무력을 써서 장악했으며, 이로써 민중의 신뢰를 독특한 방법으로 다시 획득했습니다.

머리에 띠를 두른 장교 한 명이 전쟁 장관을 찾는다.

장 교   그 카이 호가… 티벳 대문에….[39]

고거 고   (신경질적으로 앞으로 가며) 지금 지난 주의 사건들에 대해 상세히

---

39) 작가는 작품 내용을 중국에서 1949년 모택동 군대의 북경 입성과 평행으로 묘사하고 있음.

말씀드리겠습니다. 여기 몇몇 사람들이 생각하는 것처럼 오로지 솜만이 문제시되는 게 아니었습니다. 몇몇 사람들은 아침부터 밤까지 솜에 대해 지껄였고, 그럼으로써 민중의 신뢰를 파괴하려 했으므로, 이들은 자신들에게 마땅한 벌을 받았습니다. (전쟁 장관의 윙크에 따라 군인들이 물러난다) 제가 정력적으로 개입한 덕분에 이제야말로 황제와 민중이 각별한 일치에….

투란도트 아바마마, 저는 하지 않겠어요.

황 제 너는 조용히 있거라. 고씨, 특별 명령을 공고해서 예식을 가능한 빨리 끝내던가 내지는 연기하도록 합시다.

고거 고 그것은 불가능합니다. 저는 이로써 폐하와 더불어 폐하 측근 사람들의 보호를 위임받았습니다.

황 제 전쟁 장관….

전쟁 장관 여러분, 상황은 분명 악화되었습니다. (황제에게) 저는 궁전 보초에게 궁전 대문을 봉쇄하라는 명령을 하달했습니다.

황 제 (노상강도 고거 고가 문을 봉쇄하는 동안에) 무엇이라고? 당신이 그들을 가버리라고 했어? 당신이 명령을….

고거 고 열쇠를 이리 주시오! 사찰의 경비는 어디 있소?

호위병 1 그는 달아났음에 틀림없습니다. (그는 갑자기 사찰 입구 문쪽으로 달려간다. 문이 열린다) 폐쇄되지 않았습니다!

바깥에서 비명 소리. 사찰 내부가 보인다. 만주 황제의 외투가 사라졌다.

호위병 1 배반이다! 외투가 없다.

황 제 잘라졌다.

총리대신 경비가 사라졌다. 그가 외투를 훔쳤다.

고거 고 여러분, 결혼을 계속 진행합시다. 이 작은 사건은 다행히 별
거 아닙니다.

투란도트 아바마마, 그가 얼어버릴 거예요.

황 제 그것은 아주 형편없는 외투였는데, 꿰맨 것이어서.

고거 고 형편없는 외투도 오늘날 드물지요, 솜을 옮기지 않으셨다면!
여러분, 결혼식입니다!

멀리서 북소리. 투란도트가 날카롭게 소리지른다.

황 제 그건 야우 엘이었지, 내가 아니었소.

대군중의 환호성.

군 인 너희들 모두 여기 있었군, 이제 꺼져라!

부 록

강가에서 센삐와 세탁부들.

강가에서 빨래하는 아낙네들 옆에 센삐 한 명이 앉아서 조심스럽게 발을
씻고 있다.

센 삐   좋은 광경입니다, 부인 여러분, 화가에게 화려한 소재죠. 빨래
         와 드러난 팔의 색상 대비, 매력적인 움직임들, 빛. 아, 나는 맨
         살 바라보기를 좋아합니다!
세탁부 1 우리도 그것을 좋아해요. 하지만 자주 볼 수는 없어요, 아시겠
         지만.
센 삐   아, 그래요. 물론 그런 뜻으로 한 말은 아닙니다. 물이 차가운
         가요?
세탁부 2 우리 손을 보시면 알잖아요. 빨간 것과 피부가 갈라진 것을 보
         세요? 하지만 당신은 발을 그냥 담가놓을 수 있겠죠.

센삐는 그들이 자기 발을 볼 수 없게끔 앉는다.

센 삐 내 발 때문에 아니라, 아주머니들이 춥지 않은가 물어보았습니다.

세탁부 물론이죠, 하지만 당신은 발을 물에 담가둘 수 있어요.

센 삐 급할 게 없죠. 지후가 뭐라고 했습니까? "급한 것은 다리를 무너뜨리는 바람이다."

세탁부 당신이 자기 발을 씻는데, 왜 무너뜨려야 해요?

세탁부들이 웃는다. 감독관 한 명이 가까이 온다.

감독관 뭐가 그렇게 우스워? 너희들은 농담 값을 지불하지 않았어. 지난번에는 빨래를 찢어뜨렸고. 그 때문에 경리과에서 값이 깎였어, 알고 있겠지만. 저기 너, 일과 후에 나의 간이 사무실로 와, 할 말이 있으니까.

지적받은 여자 예, 감독관님.

감독관이 멀어진다.

세탁부 보셨죠, 저 사람도 쳐다보는 것을 좋아해요.

센 삐 그게 무슨 소리죠?

세탁부 그 사람이 저 여자를 간이사무실로 오라는 것을 들으셨죠.

다른 세탁부 얼마 전에 그는 나의 빨래를 찢었는데, 경리과에서 아무 말도 없었지.

센 삐 부인 여러분, 그것을 감수할 필요는 없습니다. 그건 부당한 간섭이에요, "부당한 간섭은 해를 입힌다"라고 미 - 디[40]가 힘주어 말했습니다.

세탁부 2 그 사람이 그걸 정말로 알아야 해요. (조금 전에 감독관이 말을 건 여자에게) 내가 말해야겠지만, 너는 금방 대답을 하겠지.

그 여자 너는 빠르잖아?

세탁부 2 얼마 전 네가 그를 보고 웃었잖아, 분명히 보았어. 그는 내게 바구니 앞에 자리를 약속했고.

호출당한 여자 그는 아무 것도 약속하지 않았어, 그런데 그는 내 봉급에서 벌써 세 번이나 공제했어.

센 삐 (자기 발을 물 속에 담그며 의기양양하게) 물은 전혀 차갑지 않군요. 부인 여러분, 여러분에게 솔직히 말씀드리건대, 나는 시인입니다. 여러분이 반대하지 않는다면, 시 한 편을 낭송해서 일을 약간이나마 부드럽게 해드리고 싶습니다, 그러니까 여러분이 인쇄에 필요한 몇 원을 기부하실 수 있다면요. 시는 여자의 승리에 관한 담시(譚詩, 발라드)입니다.

세탁부 최근에 아주 멋진 담시(譚詩)를 들었어. 시가 좋으면, 1원을 내겠어. 지난봄에는 어떤 사람이 들판에서 돈을 모았는데, 그의 시는 오직 한 절뿐이었어. 우리 이렇게 합시다 - 한 절마다 1

---

40) '미-디'는 중국어에서 수수께끼 풀이, 혹은 진실을 뜻한다.

원을 내겠어요, 돈이 다 들어올 때까지.

센 삐 동의합니다, 그러나 후렴도 절로 칩니다.

세탁부들 안돼요, 그런 건 없어요. 그렇게 하든가, 아니면 안 하든가예요. 그리고 시 속에는 우리가 빨래할 수 있는 박자가 있어야 해요, 그렇지 않으면 돈을 안 낼래요.

센 삐 (한숨을 쉬며) 좋습니다. 댁들은 약아빠진 손님들이군요. (그는 담시를 노래한다. 끝난 다음에) 더 이상 없어요? 감사합니다, 부인 여러분, 안녕히 계세요. (퇴장)

세탁부 공짜로도 할 수 있었을 텐데.

세탁부 2 공짜로 발을 씻지는 못하지.

센삐와 짐꾼.

짐꾼 한 명이 기둥 하나를 끌고 간다. 센삐 한 명이 그의 뒤를 따라갔다.

센 삐 여보게, 자네가 들고 가는 게 무엇인지 아는가?

짐 꾼 최소한 54kg은 됩니다.

센 삐 아주 멋진 기둥 재료지, 튼튼한 대리석이야, 이런 현대적인 속빈 물건은 아니지.

짐 꾼 결코 아니죠.

센 삐 여보게, 이 대단한 예술품에 대해서 몇 가지 알고 싶지 않은가?

짐 꾼 　무슨 소리예요? 아이구, 무겁네.

센 삐 　그렇지, 예술에 대한 진정한 감각을 가르치는 것도 쉽지 않네. 나는 기껏해야 시도해 볼 수는 있겠지. 물론 자네에게 소요되는 10원 내지 20원을 자네가 낼 수 있는 지는 모르겠지만, 어떤가?

짐 꾼 　무엇이 얼마 한다고요?

센 삐 　나는 자네에게 이 주축 기둥에 숨겨진 위대한 예술에 대해 무언가를 설명해줄 수 있다네. 자네는 분명 주축 기둥을 도대체 아직 못 보았지, 그렇지 않나?

짐 꾼 　예, 주축 기둥에 대해 좀 알고 싶군요. 그러나 10원은 없습니다.

센 삐 　5원은 있소?

짐 꾼 　주축 기둥에 대해 말해 주신다면, 3원을 드릴 수 있습니다.

센 삐 　이보게, 역사적인 것에 관심이 있소?

짐 꾼 　모든 거예요. 그러나 선생은 빨리 말하셔야 합니다, 짐이 매우 무거워서 그것을 내려놓으면, 다시 그것을 어깨에 짊어질 수 없거든요. 게다가 선생은 너무 약해서 나를 도와줄 수 없어요. 여기 호주머니에 돈이 있어요.

　　　센삐는 그의 호주머니에서 나오는 돈을 받는다.

센 삐	그러니까 주축 기둥은 7세기부터 시작되고 왕호 학파에서 유래되는데, 유명한 중복 기법을 보여주며, 장식으로서 동물 머리와 인간 머리를 사용하지는 않소. 안녕히 계시오. (그는 빨리 가버린다)
짐 꾼	잠깐, 여보세요! 선생은 주축 기둥에 대해 말하지 않았어요! 멈춰요! 멈춰!

이불 센삐.

길모퉁이 작은 가게의 진열창에는 이불들이 전시되어 있다.
센삐 한 명이 길을 지나가는 남루하게 차려입은 남자에게 말을 건다.
그는 이불 가게 건너편 집들 모퉁이에 천막 점포, 그의 가판대를 갖고 있다.

센 삐	신사 양반, 이불 하나 사시겠습니까?
남 자	예, 이불 하나가 필요할 것 같습니다, 내 것은 낡았고 너무 짧거든요.
센 삐	여기 진열품들을 같이 한 번 바라봅시다. 이 이불들은 어떻습니까?
남	자 너무 짧아요.
센 삐	예, 그렇죠? 너무 짧아! 모두 너무 짧게 만들어졌어요. 재료를

절약하려고. 확신하건대, 그러한 이불을 목까지 덮으려고 하는 경우에, 발을 덮는 방법을 모르실 겁니다.

남 자   예, 모릅니다.

센 삐   그리고 당신이 추위에 떨면, 누구 잘못인 줄 아세요?

남 자   (조심스럽게 둘러보며) 나는 정치에 관련되고 싶지 않습니다.

센 삐   저도 그렇죠. (크게) 여보시오, 여기서 누가 잘못인가를 말해주려는 겁니다. 나는 터놓고 말하며, 속마음을 숨기지 않습니다. 나는 이 모든 것 – 침묵하기와 항상 굴종하기는 안 해요. 이 경우에 누가 잘못인가를 말해드릴까요, 말까요?

남 자   당신은 말해줄 수 있어요, 하지만 나는 당신에게 물어보지 않았어요.

센 삐   (소리치며) 당신요!

남 자   뭐가요?

센 삐   당신 잘못입니다.

남 자   어째서요?

센 삐   (환호하며) 당신이 자기 발을 끌어당길 수 없으니까요! (열심히) 놀라는군요, 그래요? 당신은 그게 그렇게 단순하다고 생각하지는 않았을 겁니다, 그렇죠? 나는 이런 단순한 해답을 위해 몇 년 동안 깊이 생각했다는 것을 말씀드릴 수 있습니다. 이런 해답 없이는 내가 상점을 여기에다가 결코 열지 못했을 겁니다.

남 자 어째서요? 대체 당신은 상점에서 무엇을 파세요?

센 삐 사용방법들.

남 자 무엇 때문이에요?

센 삐 이불에 대해서죠. 예, 물론 알고 있어요, 나는 오직 이불 하나
만을 사야 하고, 그리고 끝이라고 당신은 생각합니다. 더 이상
을 생각하지 않으십니다. 그리고 찬바람이 발에 오면, 당신은
이상하게 여깁니다. 그리고 왜 찬바람이 발에 오는 거지?

남 자 (제안한다) 그 이불이 너무 짧기 때문이죠.

센 삐 바보 같은 소리, 그 이불은 이 도시의 다른 모든 이불과 마찬
가지로 길어요. 다시 말해서 당신에게 문제시되는 그 가격대
에서는. 내게 간략한 사용방법을 사세요, 20원에 드리겠습니
다, 그러면 당신은 더 이상 바람을 못 느낄 겁니다. 보세요, 이
이불은 80원입니다. 더 긴 이불은 (그는 그것을 눈으로 재본다) 당
신 키 크기에는 150원 밑으로 못 구할 겁니다. 나의 사용방법
이 곁들여진 짧은 이불은, 물론 바람 안 들고, 당신에게 100원
입니다. 거래가 되겠습니까, 안되겠습니까?

남 자 당신의 사용방법 안에는 대체 무엇이 쓰여져 있습니까?

센 삐 어떻게 다리를 놓아야 할지 작은 그림이 그려진 것을 받게 됩
니다, 물론 연습을 해야지요.

남 자 그러나 그게 불편하지는 않나요?

센 삐 처음에만 그렇죠. 몇 년 후에는 다르게 누울 수 없을 겁니다.

그때 누군가 당신에게 보다 긴 이불을 선사하면, 당신은 그것
을 그냥 잘라버릴 겁니다.

남 자 예, 여하간 이불 하나가 있어야 해요.

센 삐 (그를 가게 안으로 밀며) 물론이죠.

잠시 후에 그들은 다시 바깥으로 나온다. 센삐는 남자에게 20원에 해당되
는 작은 그림 카드를 주고, 그의 팔 아래서 이불을 가져간다. 그는 이불 한
귀퉁이에 못을 박아 작은 구멍을 낸다.

센 삐 그럼 이제 내가 여기서 만드는 것을 보세요. 이건 말하자면 속
임수죠. 이 구멍 안으로 당신의 오른쪽 엄지 발가락을 넣어서
그저 이불을 누르세요. 편하게 잠을 못 자더라도 당신은 결코
이불을 걷어차지 않을 겁니다. 속임수는 4번이나 적용될 수 있
습니다, 당신이 만든 구멍을 찢어버리면, 그것을 또 새 이불의
세 군데 모퉁이에 구멍을 낼 수 있습니다.

끝.

투란도트 TURANDOT

초판 1쇄 인쇄일   2009년 10월 15일
초판 1쇄 발행일   2009년 10월 20일

지 은 이   베르톨트 브레히트
번   역   이상면
만 든 이   이정옥
만 든 곳   평민사
           서울시 서대문구 남가좌2동 370-40
           전화: (02)375-8571(代) 팩스: (02)375-8573

           평민사 모든 자료를 한눈에 —
           http://blog.naver.com/pyung1976
           이메일: pyung1976@naver.com

등록번호   제10-328호

ISBN   978-89-7115-541-7   03800

정 가   8,000원

· 잘못 만들어진 책은 바꾸어 드립니다.
· 이 책은 저작권법 제97조의 5(권리의 침해죄)에 따라 보호받는 저작물로
  저자의 서면동의가 없이는 그 내용을 전체 또는 부분적으로 어떤 수단 · 방법으로나
  복제 및 전산 장치에 입력, 유포할 경우 민 · 형사상 피해를 입을 수 있음을 밝힙니다.